ある日とつぜん、霊《れい》媒《ばい》師《し》

エリザベス・コーディー・キメル 著　もりうち すみこ 訳

朔北社

ある日とつぜん、霊媒師《れいばいし》　目次

ある日とつぜん、霊媒師《れいばいし》

First published in the United States by Little,Brown and Company Books
for Young Readers,under the title SCHOOL SPIRIT.
Japanese translation rights arranged with Sheldon Fogelman Agency,Inc.
through Japan UNI Agency,Inc.,Tokyo.

1　母さんは霊媒師《れいばいし》

死んでも死にきれない亡霊《ぼうれい》が、わたしの人生を狂《くる》わせている。それもみんな、母さんのせいだ。

母さんは仲介者《ちゅうかいしゃ》、といっても、不動産なんかの仲介《ちゅうかい》をやってるのではない。あの、いつもお香《こう》をたいて、インド風の巻《ま》きスカートなんかはいてるベジタリアン、ていえば、わかる？　そう、死んだ人が見えて、話もできて、死んだ人と生きている人との仲介《ちゅうかい》をする人。はっきりいえば、霊媒師《れいばいし》だ。

そのことが、この中学一年になりたてのわたしにとって、どんなにはずかしく迷惑《めいわく》なことだか、ふつうの人には想像《そうぞう》もできないだろう。

つまり、こういうわけだ。

わたしには、しつこいおじがいて、クラスの男の子のことなんかを、根ほり葉ほり平気《へいき》でたずねてくるけど、亡霊《ぼうれい》たちも、このおじと似《に》たところがあって、遠慮《えんりょ》というものを知らない困《こま》った連中なのだ。

あの世に行きそこなった亡霊《ぼうれい》は、自分の状況《じょうきょう》がよくわかっていない。呼《よ》びだしてくれた霊媒師《れいばいし》としか意思が通じないということが、理解《りかい》できない。だから、霊媒師《れいばいし》の家の中のいろいろなものに、怒《いか》りをぶつける。

そこで、オカルト映画《えいが》に出てくるような、急に部屋が寒くなるだとか、耳もつんざく音がするだとか、さまざまな怪奇現象《かいきげんしょう》を引き起こし、多大な迷惑《めいわく》をかける。だれに？　不幸にも、たまたまそこに同居《どうきょ》している人に。つまり、わたしにだ。

そりゃ、わたしだって、断固《だんこ》として母さんに抗議《こうぎ》できないこともない。母さんがやっていることが、どんなにわたしの人生を台無《だいな》しにしているか、はっきりいってやってもいい。

この大事な思春期《ししゅんき》にあるわたしを、いたずらにおびえさせ、この先何年も、カウンセリングのお世話にならなくちゃならないほど追いこんでいるんだと。

少なくとも五年か十年のあいだは、母さんも自分の仕事は二の次にして、たまには若者《わかもの》向け音楽番組でも見て今どきの歌手の名前を覚えたり、女性誌《じょせいし》でもときどきは読んで、あまりにも流行おくれにならないでほしいと要求してもいい。

せめてしばらくは、亡霊《ぼうれい》のことより、生きているわたしのことを優先《ゆうせん》してほしい。そんなに亡霊《ぼうれい》の要求ばっかり聞かなくってもいいんじゃないの？　と訴《うった》えることもできる。

母さんの性格《せいかく》からすると、たぶん、わたしがそう訴《うった》えれば、努力してくれると思う。でも、これがまた問題だ。そう、わたしは母さんっていう人を、よーく知っている。つまり、娘《むすめ》を困《こま》らせているその霊媒師《れいばいし》の母さんが、年に一度、わたしが女王様になれる日をつくってくれる、信じられないほど物わかりのいい母さんでもあるのだ。

その日は、なんでも、わたしの好きなことができる。朝ごはんにアイスクリームサンデーを食べてもいいし、テレビのチャンネル権《けん》はわたしのものだし、用もないのにショッピングセンターをぶらつけるし、最新のハリウッド映画《えいが》を劇場《げきじょう》で二回もつづけて見てよくって、しかも、バターまぶしポップコーンとチョコバー持ちこみ！

また、物わかりのいい母さんは、わたしの「最悪の日」と「死にたいくらい最悪の日」のちがいをちゃんと知っている。

足のつぼだって正確《せいかく》にわかってて、足もみで、身も心ももみほぐしてくれるし、泡《あわ》のでるお風呂《ふろ》も、わたしの好みの温度にぴったり合わせてくれる。

さらに母さんは、「きょうは、どうだった？」ってわたしが聞いてほしくない日も、ちゃんとわかっている。

精神衛生上《せいしんえいせいじょう》、学校を休みたい日、たとえば、小学二年生のときのように、ある男の子への恋心《こいごころ》を友だちに打ち明けた手紙が、まわりまわって当の男の子に読まれてしまった日なんかは、すんなり学校を休ませてもくれた。

ここまでいえば、わかると思うけど、母さんは、「少しは変わってよ！」といわれなきゃならないタイプの母親じゃないのだ。

母さんは、母さんなりに、すごい人だと思う。むしろ変わってほしいのは、中学を中心とするこの世界だ。だけど、窓《まど》から外を見れば、相《あい》も変わらぬこの世界。

こんな世界で、オリンピック級の磁気力《じきりょく》で怪奇現象《かいきげんしょう》を引きつける母親を持つってことは、カッコワルイことかぎりなく、カッコワルイってことは、人生、もう終わっちゃうってことなのだ。とくに、もともとパッとしない女の子にとって。

誤解《ごかい》しないでほしいけど、わたしは、母さんを支《ささ》えることより、かっこつけることのほうが大切だっていっているわけではない。できれば両立したいと思っているのだ。

さて、そんなある日、社会科で、フーバーダムについて調べる学習パートナーを決めるときのことだ。なんと先生が、わたしとショシャーナ・ロングバロウを組んだ。

このメドフォードの町に来て、かれこれ一年以上たつが、ショシャーナには、名前を呼《よ》ばれたこともなければ、「ちょっと」と声をかけられたことすらない。それでも、彼女《かのじょ》は、断然《だんぜん》、無視《むし》できない存在《そんざい》だ。

この中学で、ショシャーナとカフェテリアのテーブルで昼ごはんを食べることは、女王陛下《じょおうへいか》のパーティーに招待《しょうたい》されるに等しい名誉《めいよ》なのだ。もちろん、わたしは、そんな光栄《こうえい》に浴《よく》したことなんか一度もない。

だから、学習パートナーになった日、ショシャーナがわたしのほうを向いてしゃべり始めたときのおどろきは、半端《はんぱ》じゃなかった。しかも、その話しかたときたら、まるで長年《ながねん》の友人みたいな感じだったから。

「聞いたけど、あなた、オールAだって？　それって、つまり、このフーバーダムとかのことは、完璧《かんぺき》にチョロイってこと？」

ちょうどそのとき、教室にはわたしたちふたりしかいなかった。その場にいない者に語りかけるのは、うちの母さんくらいだから、ショシャーナが話しかけている相手は、ほかならぬわたしだってことだ。

「ええ、まあ」とわたしはこたえた。

脳《のう》みそは猛烈《もうれつ》にはたらいていたにもかかわらず、わたしは無表情《むひょうじょう》をよそおって、そうこたえた。

できる子というカッコワルイレッテルを貼《は》られていたが、わたしはできるかぎり成績《せいせき》を隠《かく》していた。だって、友だちとしてつきあうのに、だれがオールAの子を選ぶっていうの？

でも、うわさはすぐに広まる。一方、ショシャーナのほうは、日ごろから、Aなんて何の意味もないと公言していた。ただそれは、ショシャーナ自身、隠《かく》すほどAがなかったせいもあるだろう。

とにかく、ショシャーナの顔には、社会科の調べ学習にオリンピック・コーチ級の助《すけ》っ人《と》を求むと書いてある。

わたしは考えた。

これは、ひょっとしたら、ついにショシャーナに気にいられるチャンスかもしれない。

ショシャーナが、肩《かた》をすくめて、わたしを見た。

「で？」

頭の中で、テレビのコマーシャルが、がなりたてる。

こんなチャンス、めったにありません。奥《おく》さま、今すぐ、お電話を！　先着百名！

さあ、今すぐ、お電話を！


「わたしが今までに調べたノートを見せるわ。だから、あなたは、わざわざ同じことを調べる必要ないわよ」とわたしはこたえた。

ショシャーナが、手を突《つ》きだした。てのひらを下に向けて。

これが母さんの友だちだったら、タロットカードで占《うらな》いでも始めるのかと思うところだ。それとも、母なる大地のエネルギーを吸《す》いとろうとしているのかと。

いったい、この手は何？　選ばれし者の秘密《ひみつ》のサインなのか？

ショシャーナが命じた。

「書いて。あなたの住所」

命令どおり、わたしはショシャーナの手の甲《こう》に、わたしの番地をボールペンで書いた。入《い》れ墨《ずみ》みたいに。

「放課後、即《そく》、行くわ」とショシャーナ。

こうして、数ヵ月間だれの目にもとまらず、透明《とうめい》人間みたいに学校生活をすごしてきたわたしは、五月のある日、突如《とつじょ》として、ショシャーナ・ロングバロウを家に迎《むか》えることになったのだ。

2　人気ナンバーワンの女の子

もちろん、こんな形でショシャーナと顔合わせすることになろうとは、想定外《そうていがい》だった。でも、これも教師《きょうし》の取りもつ縁《えん》なのだから、文句《もんく》はいえない。それにしても、場所がうちの居間《いま》とは！　最悪の設定《せってい》だ。

うちは、十九世紀に建てられたヴィクトリア風の相当《そうとう》にガタのきた家で、中は、どうひいき目に見ても、六〇年代ヒッピー文化の博物館といったところだ。ペンキはあちこちはげてるし、つねにお香《こう》か、かびた古本か、そんなふうなにおいがしてるし、装飾品《そうしょくひん》といえば、チベットみやげ風の小物。

でも、それ以上にわたしが怖《おそ》れているのは、この家でショシャーナが、母さんとバッタリでくわすかもしれないということだ。

母さんは、きょうどんな服を着ているんだろう？　気になってしかたがない。

ひょっとして、ハーレムパンツなんかはいてたら、どうしよう？

じつは、ハーレムパンツなら、わたし自身もはいたことがあるが、正直いって、あんな快適《かいてき》なズボンはない。ウエストはゴムだし、ふんわりふくらんだ裾《すそ》を足首でしぼったスタイルはアラビアンナイトのお姫様《ひめさま》みたいで、しかも動きやすい。ただ、学校で人気ナンバーワンの女の子を家に連れてきたとき、母さんに着ててほしい服じゃないことは確《たし》かだ。

家に帰ると、廊下《ろうか》の突《つ》き当たりのドアは閉《し》まっていた。ということは、母さんがその部屋で、客のもとめる霊《れい》を呼《よ》びだしている最中《さいちゅう》だということ。これなら、ショシャーナとでくわすことはないから、いいタイミングだ。

わたしはショシャーナを居間《いま》に通した。家族のくつろぐこの空間が、わが家ではときどき、家族以外の者がくつろぐ空間となる。つまり前にもいったように、遠慮《えんりょ》を知らない亡霊《ぼうれい》たちが、母さんが呼《よ》びだした部屋からさまよいでてわが家の居間《いま》でくつろぐという日が、たまにあるのだ。

よりによって、きょうがそんな日になりませんように！

ショシャーナは、すわるのをあからさまにためらっていたが、やっとソファーに腰《こし》をおろした。無理もない。ソファーにかけられた手織《てお》りのチベット風毛織物《けおりもの》は、すっかりすりきれて、半分バラバラになっている。

わたしは、母さんがおやつにおいといてくれたクッキーの盛《も》り合わせを、ショシャーナにすすめた。ショシャーナは、すぐさま二個《こ》とった。砂糖《さとう》をまぶしたのと、ピーナッツバターをねりこんでキスチョコをトッピングしたもの。ひと口かじったとたん、ショシャーナは目玉をクルッとまわし、満足そうなため息をもらした。母さんのクッキーを食べた人は、きまって、こんな幸せな顔になる。

「母さんが焼いたの」とわたし。

ショシャーナは口をモグモグさせながら、片手《かたて》をひらひらさせて称賛《しょうさん》の意を表《ひょう》していたが、一個《こ》食べ終わるといった。

「いいわね、あなた。うちの母親なんか、カンペキって感じで、焼かないのよ。もともと焼けないことは焼けないんだけど、もし焼けたとしても、そもそもクッキーを家ん中におかないの。ほら、カロリー計算が、ほとんどあの人の宗教《しゅうきょう》って感じになってるから。学校から帰って、クラッカーとセロリのスティックがあったら、御《おん》の字って感じよ」

「それってナンセンスだわ。だって、あなたの体、脂肪《しぼう》なんて三十グラムもついてないじゃない！」

わたしのこのコメントに、ショシャーナは満面《まんめん》の笑《え》みを返してくれた。そこで、わたしは、ショシャーナと、しばし雑談をつづけることにした。

「そういえば、フランス語のローガン先生って、同じかっこうばっかりしてくるわよね。全部で三着くらいしか、服持ってないんじゃないかしら？」

このゴシップに、パッと、ショシャーナの顔が輝《かがや》いた。

「そう！　わたしも、そう思う！」クッキーで口の中をいっぱいにしたまま、叫《さけ》んでいる。

しめしめ。わたしはゴシップ路線を突《つ》き進んだ。

「黄土色《おうど》のパンツスーツでしょ。それから、黒地に白の水玉模様《みずたまもよう》のスカートに、逆《ぎゃく》水玉《みずたま》のブラウス。もう一着は、紺《こん》の……」

「ひだ飾《かざ》りのついた紺《こん》のブレザーとそろいのパンツ！」と、ショシャーナがいきおいこんで口をはさむ。「そうよ、あの先生、ほかのもの着てきたこと、ない！　この三パターンだけだわ！」

「わたしたちが先生に、新しい服をプレゼントしちゃったりして！」と、わたしも調子を合わせた。「しかも、かっこよく、匿名《とくめい》で」

「それ、いい！」といいながら、ショシャーナは二個目《こめ》のクッキーにとりかかった。

「ダナ・キャランの黒のパンツに、灰色《はいいろ》がかった青のセーターって感じなんて、よくない？　服をいれたバッグに、先生の名前を書いたメモをつけて、職員用《しょくいんよう》ラウンジにおいてたりして！」

ところが、この空想上のプレゼントを、わたしがさらに具体的に論《ろん》じようとしたときだ。


いきなり、部屋の温度が十度くらい急下降《きゅうかこう》したのだ。わたしは気づかないふりをした。


二個目《こめ》のクッキーを食べようとしていたショシャーナが、手をとめた。

「ねえ、今すっごく、この部屋、寒くなったって感じじゃない？」

わたしは、えっ？　とおどろいた顔をしてみせた。

「そうかな？」と開けた口から出た息が、たちまち白くなる。「これが証拠《しょうこ》です」

といわんばかりに。

もう明らかだ。廊下《ろうか》の突《つ》き当たりの部屋で、母さんが霊《れい》の呼《よ》びだしに成功したのだ。どんな霊《れい》かは知らないが、例によって、北極並《ほっきょくな》みの冷気といっしょにやってきたらしい。

わたしは、すばやくいった。

「うちって、このとおり古いでしょ。暖房《だんぼう》がちゃんと効《き》かないのよね、冬は」

「だって、今はもう、五月よ！」

この反論《はんろん》しようのない事実を、わたしは軽く頭をふってしりぞけた。

「気にしないで。そのうち、ヒーターが動きだすから。あ、そうそう、フーバーダムの調べ学習だけど、ダムの歴史《れきし》について書いたレポート八ページ分、プリントアウトしといたわ。それと、コロラド川の地図のコピー。ダムで灌漑《かんがい》できるようになった地域《ちいき》と電気がきた地域《ちいき》が、わかるようになってるの。わたしたちが発表するとき、これも使ったほうがいいと思って。だから、調べ学習は、ほとんど終わったようなものね」

ショシャーナは、え？　ダム？　カンガイ？　という顔で、わたしを見つめている。

作戦成功！　ショシャーナに、すでに完成させたレポートをちらつかせ、これでクラスの賞賛《しょうさん》を勝ちとれるかもしれないと期待させて、部屋の寒さから気をそらせることができたのだ。

わたしの書いたレポートを、ショシャーナがのぞきこんだ。

一応《いちおう》、興味《きょうみ》あり気な顔はしているが、見ている地図は逆《さか》さま。つまり、ショシャーナには、完全にチンプンカンプンだってこと。きょう、うちに来るまで、フーバーダムってフーバー電気掃除機《そうじき》の付属品《ふぞくひん》かしら？　くらいに思ってたんじゃなかろうか。

わたしは自分のノートを、ショシャーナに差しだした。

「これ、図書館から公共放送のスペシャル番組のビデオを借りて、まとめたノート。よかったら、コピーしていいわよ」

自分のことばが信じられない。人のノートをコピーするやつなんか、だいっきらいなはずなのに！　いったい、ここまでしてショシャーナに気にいられる必要があるんだろうか？

ところが、結局、この問題に苦しむひまはなかった。

突然《とつぜん》、バグパイプの吹《ふ》き鳴らすスコットランド民謡《みんよう》とアヒルの鳴き声が、家じゅうにひびきわたったのだ。それと同時に、どっと流れこんできた干草《ほしくさ》と泥《どろ》とアザミのにおい。

わたしは、この緊急事態《きんきゅうじたい》の説明をでっちあげようと、脳《のう》みそをフル稼働《かどう》させた。そして、目玉をグルリとまわしていった。

「いやだ、またヒーターだ。おまけに、うちはボイラーも古いの。ふたつのスイッチが同時に入ると、あんな音だすのよね」

わたしの努力にもかかわらず、ショシャーナは、クッキーを持った手を宙《ちゅう》に浮《う》かせたまま、おびえた目つきで体をかたくしている。

これは、まずい。もう一度、ショシャーナの関心を別のものに向けなくては。

わたしは、彼女《かのじょ》の勉強ぎらいをつく作戦にでた。

「このノート、コピーする？　それとも、図書館のビデオ三時間見て、自分でまとめる？」

そういって、ノートをさらにショシャーナの目の前に押《お》しやった。

そのときだ、とほうもない声が聞こえてきたのは。かん高い声で泣きわめいたり、遠ぼえのように叫《さけ》んだり、とにかく世にもいまわしい叫《さけ》び声が家じゅうに鳴りひびいた。ショシャーナの口は、あごがはずれたみたいに、あんぐりと開きっぱなしだ。

「あれはね、えーっと、おばのエレンなの。ちょうど今、来ててね。彼女《かのじょ》、女優《じょゆう》みたいなものだから」

ショシャーナは、あいかわらず口を開けたまま、わたしを見つめている。わたしはとにかく、どうにかして切りぬけようとしゃべりつづけた。

「あーっと、おばは、なんていうか、なりきり型の女優《じょゆう》なのよ。ほら、感情《かんじょう》をいれこむっていうの？　今のはウォーミングアップの発声練習で、古代《こだい》中国語でやるのよね、いつも……」

しかし、時、すでに遅《おそ》し。この家におばがいるというのを信じたかどうかはわからないが、ショシャーナは明らかに感づいた。この家で、何かとっぴょうしもないことが進行中だということに。

「ていうか、あなたの家、絶対《ぜったい》おかしい」

「え？　いったい何が……」

「だって、最初はなんでもなかったのに、アッという間に、ものすごく寒くなったじゃない？　かと思うと、アヒルが鳴いたり、だれかが泣き叫《さけ》んだり……。ここ、絶対《ぜったい》、おかしい。わたし、だれかみたいな優等生《ゆうとうせい》じゃないけど、これがわからないほどバカじゃないわ。この家の玄関《げんかん》に足を踏《ふ》みいれた瞬間《しゅんかん》から、何かゾゾッときたのよ。それって……なんていえばいいの……あなたの家って……、そうよ、とりつかれてるのよ。それで、もし、あなたがなんでもないって顔してられるんなら、あなたこそ、絶対《ぜったい》に怪《あや》しいわよ」

もはや、これまで。ショシャーナとふたりきりの逢瀬《おうせ》も、これが最初で最後だろう。カフェテリアでショシャーナのテーブルに迎《むか》えられる夢《ゆめ》も、煙《けむり》と消えた。

いや、さらに悪いことだって考えられる。この家の怪奇現象《かいきげんしょう》を、ショシャーナが学校でほかの生徒にしゃべったら？　学校中の者が、明日にもそれを知ることになったら？

そうなったら、わたしが行き着くところは、だれも寄《よ》りつかない奇人村《きじんむら》。そして、一生ひとりでそこに住まなきゃならないのだ。

そこで、わたしは、つい、啖呵《たんか》をきってしまった。

「そう思うのは、自由よ。でもね、あなたがいうように、あなたがバカでないとしたら、学校でそんなこと口にしないほうがいいわよ。だって、そんなことしたら、頭がおかしいのは、わたしじゃなくて、あなただって、みんなは思うわ。考えてもみてよ。この家がとりつかれてるって？　ほんとにそんなこと、あなた信じてるの？

みんなから笑われるのがオチよ」
意地の悪い目つきで、ショシャーナがにらむ。そのとたん、わたしにはわかった。わたしは一線を越《こ》えてしまったのだ。ショシャーナを脅迫《きょうはく》する子が、この世界のどこにいる？　明らかにやりすぎた。
「ブルックリンは笑わないわ。それに、ブルックリンは、怪《あや》しいやつが大っきらいよ」自分の親衛隊長《しんえいたいちょう》の名を口にして、ショシャーナがずるそうな笑《え》みを浮《う》かべた。

と、そのとき、ショシャーナの後ろのテーブルにあった電気スタンドが、突然《とつぜん》一・五メートルほど空中に浮《う》きあがった。スタンドは、三十度ほど左に傾《かたむ》くと、バレリーナよろしく優雅《ゆうが》に一回転して、ふんわりと、またもとの位置に着地した。

状況《じょうきょう》は、さらなる悪夢《あくむ》へと突《つ》き進んでいる。これ以上悪いことが起こる前に、ショシャーナをこの家から追いださなくては。心霊体《しんれいたい》が、壁《かべ》からしみだしてきたり、光を発しながら部屋じゅうを飛びまわったりしないうちに。

「だったら、早くブルックリンのところに行って、話せば?!」

もうジャケットに半分腕《うで》を通し、出ていきたくてたまらなかったショシャーナは、ソファーから跳びあがって叫《さけ》んだ。

「ええ、いわれなくても出ていくわよ」

「調べ学習、せいぜい楽しんでね!」わたしは、ドアへ急ぐショシャーナに向かってどなった。「わたしが手伝うと思ったら、大まちがいよ!」

「うぬぼれないでよ。あれくらいのこと、なんとでもなるわ」

ショシャーナがふりかえって、わたしをにらみつけた、そのとき、ふたたびバグパイプが鳴りひびいた。ショシャーナは捨《す》てぜりふを吐《は》くのもわすれて、あたふたと玄関《げんかん》から逃《に》げ去った。

万事休《ばんじきゅう》す。ショシャーナは、この家に起こった怪奇現象《かいきげんしょう》を体験してしまった。そのことをいいふらして、わたしの人生をさらにみじめなものにするもしないも、ショシャーナしだい。もはや、お手上げだ。

一時間ほどたった。霊媒《れいばい》の仕事を終えて部屋から出てきた母さんが、客の女性《じょせい》にさよならをいっている声が聞こえる。母さんが居間《いま》に入ってきたとき、わたしはソファーの上に丸くなっていた。

「だれか、来てた？　声が聞こえたような気がしたけど？」と母さんが聞いた。

「姿《すがた》なき声なら、母さん、十三歳《さい》のころから、ずっと聞こえてたんじゃなかったの？」と、わたしは目玉をグルリとまわした。

母さんがにっこり笑った。やっぱりだ！　母さんはハーレムパンツをはいていた。その上に、だぶだぶの毛糸のカーディガンを着て、しかも、おむつをとめる特大の安全ピンで前を合わせている。

なんという奇抜《きばつ》なコーディネート！　しかるべきデザイナーが見たら、千ドルで買いとってスーパーモデルに着せて、ニューファッションとして売りだすかも。

「ひょっとしたら、あなたが、お友だちを連れてきたのかもしれないと思ったの。だったら、わたしの仕事の音が、うるさすぎるんじゃないかって、心配してたのよ。きょうの依頼主《いらいぬし》は、ご先祖《せんぞ》の霊《れい》をさがしていてね。ところが、呼《よ》びだしてみたら、ワーテルローでナポレオン軍と戦った、英国陸軍スコットランド高地連隊の主席《しゅせき》バグパイプ奏者《そうしゃ》だったの」

どうりで、あんな音がしてたわけだ。ショシャーナがあわてて帰った理由をでっちあげるのはあきらめ、わたしはただ、母さんにほほえみかけた。

「でも、仕事はうまくいったみたいね！」

母さんもにっこり笑って、ソファーにすわり、わたしの肩《かた》に手をまわした。

よかった。これで、ショシャーナのことはいわずにすんだ。

そう。わかる？　ここに、わたしの悩《なや》みがある。わたしはこんな単純《たんじゅん》な真実さえ、いまだに母さんに話すことができないでいるのだ。つまり、客が母さんに呼《よ》びだしてもらう霊《れい》や、母さんに助けをもとめて出てくる霊《れい》がいるかぎり、わたしがごくふつうの中学一年生でいることは不可能《ふかのう》だということ。

ショシャーナとのことはさておき、こんなおかしなことが、わたしのまわりでたびたび起こるんじゃ、どんな子とだって、三週間以上友だちづきあいできるわけがない。

たとえば、この前の夏、わたしと母さんがショッピングセンターの食品売り場にいたときのことだ。丸裸《まるはだか》の冷凍《れいとう》チキンが二羽、売り場からスーッと浮《う》きあがって、母さんの買い物カートの中に入ってきた。

母さんによれば、空中遊泳《ゆうえい》するチキンに、なんら悪意はなく、ただいたずら好きの霊《れい》が、あいさつがわりに仕かけておもしろがっているだけだとか。

でも、わたしが気にしているのは、その売り場からほんの二、三メートルのところに、ちょうど、うちの中学の英語教師《きょうし》ラマー先生がボローニャソーセージを買っていて、チキンの空中遊泳《ゆうえい》をあやうく見るところだったということだ。

また、いつだったか、母さんがわたしを医者に連れていくため、学校に迎《むか》えにきたときのこと。わたしを連れて廊下《ろうか》を歩く母さんが教室のそばを通りすぎるたび、教室の電灯がいっせいにチカチカして消えたのだ。

幸《さいわ》い、そのときはだれも気づかなかった。でも、いつかきっと、だれかが気づく。怪奇現象《かいきげんしょう》の現場《げんば》に、かならず母さんがいることに。そして、あれやこれやを考え合わせて結論《けつろん》をだすだろう。わたしの母さんは絶対《ぜったい》に怪《あや》しいと。それはもう、時間の問題だ。

そして、今、事態《じたい》はさらに込《こ》みいってきた。というのは、数ヵ月前、十三歳《さい》の誕《たん》生日《じょうび》を迎《むか》えたとたん、なんと、わたしにも霊《れい》が見え始めたのだ。

なんたる展開《てんかい》だ!

3　棺桶《かんおけ》を引きずる転校生

その女の子なら、以前、廊下《ろうか》で見かけたことがあった。気づくなといっても無理だ。赤毛のその子は、どう見ても四十五キロくらいしかなさそうな小柄《こがら》な子なのに、とにかくいつ見ても、でっかいチェロのケースを引きずっている。それは、バカバカしくて笑っちゃうような光景だ。

ほら、見たことあるよね？　自分の体の三倍くらいあるケーキのかけらを見つけたアリが、一生懸命《いっしょうけんめい》、それを巣穴《すあな》に運んでいってるところ。その女の子が、でっかいチェロをひっぱってうろうろしているところは、まさにそんな感じだった。

その子は、今年の三月、最終学期が始まるころに転入してきた。去年転入したわたしは、最初見たときから、その子に親近感《しんきんかん》を持っていた。知らない世界に投げだされるという点からいえば、六年のとき転入したわたしは、中一になって入ってきたこの子にくらべれば、かなりましだといえる。

中学一年も半分以上すぎたころ、たったひとり新顔として学校に来なくちゃならないなんて、わたしだったらトラウマになりそう。だって、もうそのころになると、みんなとっくに決まった友だちがいて、クラスの中の序列《じょれつ》は石碑《せきひ》に刻《きざ》まれたも同然だ。

わたしには、その転入生が苦しい闘《たたか》いを強《し》いられていることがよくわかったから、もちろん助けになってあげたかった。でも、チェロつきというのは、あまりにも突《とっ》飛《ぴ》で、救いようがない。実際《じっさい》、彼女《かのじょ》が巨大《きょだい》な楽器を引きずって廊下《ろうか》に現《あら》われると、かならずニヤニヤ笑う子たちがいる。

わたしも確《たし》かに孤独《こどく》だったが、「チェロをひっぱってる子にくっついてる子」と呼《よ》ばれたいかどうかについては、まだ決心がつきかねていた。

だが、あの日の状況《じょうきょう》は、有無《うむ》をいわせなかった。あのショシャーナ台風の翌日《よくじつ》、わたしは、のっぴきならぬ状況《じょうきょう》に直面した。学校が地球上に現《あら》われて以来、世の転入生の悪夢《あくむ》にかならず一度は現《あら》われる最悪の状況《じょうきょう》に。

昼休み、ランチののったトレーを手に、わたしは空《あ》いてる席をさがして、カフェテリアを見わたした。

ショシャーナが欠席していることを知って、ひとまずホッとしたが、うちでの怪《かい》奇《き》体験を地球の津々浦々《つつうらうら》にまでいいふらされるという恐怖《きょうふ》は、ほんのちょっぴり先のばしになったにすぎない。

どんな中学でも、基本は似《に》たようなものだろうが、うちのカフェテリアのテーブルは、こんな分類になっている。

まず、頭脳《ずのう》系《けい》生徒のテーブル。つぎに体育系《けい》テーブル。それから、プリンセス&チアリーダー系《けい》、ヒップホップ系《けい》、パンクロック系《けい》、コンピュータおたく系《けい》。そして、それぞれのテーブルは、関係者以外立ち入り禁止《きんし》だ。

もちろん、「亡霊《ぼうれい》と話をする母親を持つ子のテーブル」というものはないし、わたしも作るつもりはない。それ以外には、あぶれ者のテーブルがいくつか。あぶれ者といっても、どのグループにも分類しがたいだけで、生徒集団《しゅうだん》から公然《こうぜん》と追放《ついほう》された者のテーブルは、また別にある。

もし、カフェテリアに来るのが遅《おそ》くなって、あぶれ者のテーブルの席がひとつも残っていなかったら、選択肢《せんたくし》はふたつにひとつ。追放者席《ついほうしゃ》か、飢《う》え死《じ》にか。飢《う》え死《じ》にのほうが、賢明《けんめい》なる選択《せんたく》であることは明らかだ。

さて、カフェテリアを見まわして、わたしは胃袋《いぶくろ》がけいれんを起こしそうになった。最後に残ったたったひとつのあぶれ者のテーブルに、あのチェロ少女がすわっていたのだ。

実際《じっさい》には、その子の横の席にはチェロが立てかけてあったので、彼女《かのじょ》は二席を占《せん》領《りょう》していた。

残された選択《せんたく》は、チェロ少女、もしくは飢《う》え死《じ》に。ところが、その日、わたしは朝食ぬきだったので、どうしても昼食を食べる必要がある。

しかたなく、わたしはチェロ少女のななめむかいに腰《こし》をおろした。が、心の中では、彼女《かのじょ》が、わざわざわたしに話しかけるなんてこと、考えつきませんようにと願っていた。

ところが、チェロ少女はすぐに話しかけてきた。

「わたし、ジャック。男の名前のジャックじゃないよ。ジャクリーンの省略形《しょうりゃくけい》。ジャクリーンって名前は、わたしには重すぎるし、ジャッキーはきらい。だって、幼児《ようじ》形《けい》で軽すぎるもの」

「わたし、キャット。猫《キャット》とはつづりがちがうけど」

わたしがそうこたえると、ジャックは納得《なっとく》したように、うなずいた。キャットという名前が、わたしの体重にちょうど釣《つ》り合っていると思ったらしい。

「すてきなイヤリングね」

ジャックに気づかれて、わたしはドキッとした。そのイヤリングは、小さな銀細《ぎんざい》工《く》の骸骨《がいこつ》。手足がバラバラに動いて、それがとっても本物らしい。母さんがメキシコの「亡霊《ぼうれい》の日フェスティバル」で買ってきてくれたものだ。パンクロック系《けい》でもなければ、このメドフォード中学でこれをつけるのは相当《そうとう》の度胸《どきょう》を要《よう》する。

でも、つけると母さんがとても喜ぶので、その顔が見たいばっかりに、家ではときどきつける。きょうは、うっかりそれをはずすのをわすれて学校に来てしまったのだ。

「ありがとう。母さんからのプレゼントなの」

「ふーん、個性的《こせいてき》なお母さんなんだ」

個性的《こせいてき》！ その個性《こせい》にどれだけわたしが苦労させられてきたことか！ でも、ジャックのお世辞《せじ》は、ちっとも嫌味《いやみ》がなかったし、わたしにとっておどろきでもあった。

だって、彼女自身《かのじょ》は、品のいいタートルネックに、結構高《けっこう》いので有名な通信販売《はんばい》のセーターを着て、典型的《てんけいてき》な金持ちのお嬢《じょう》さんスタイルだ。骸骨《がいこつ》のイヤリングをほめるタイプには見えない。

わたしは、昼食を食べるジャックを、それとなく観察した。血の気のない象牙色《ぞうげいろ》の肌《はだ》。顔の造作《ぞうさく》はみんな小さくて、繊細《せんさい》。まるでいたずら妖精《ようせい》みたいだ。わたしは、ジャックの髪《かみ》をかきあげて、耳がとんがってるかどうか確《たし》かめてみたくてたまらなくなった。

「あなた、越《こ》してきたばかりなんでしょう？」わたしは、牛乳《ぎゅうにゅう》のパックにストローをつきさしながら聞いた。

「うん。イサカから」ジャックはあっさり、美しくて名高い観光地の名前をあげた。

わたしはぴんときた。この子は自分自身に完全に満足していて、劣等感《れっとうかん》からも優越感《ゆうえつかん》からもまったく解放《かいほう》されている。これは、めったにいないタイプだ。

わたしはさらに聞いた。

「ここへは、お父さんかお母さんの仕事の都合で移《うつ》ってきたの？」

このメドフォードの町に引《ひ》っ越《こ》してくるのは、たいてい親の仕事か、さもなければ離婚《りこん》だ。コンピュータ関係の大きな会社がひとつあるきり、これといって何もない町。ニューヨーク州の中でも、田舎《いなか》の中の田舎《いなか》だといわれている。なんたる光栄《こうえい》。

ジャックが話しだした。

「チェロの先生がいるからなの。昔、かなり有名だったチェリストが、引退《いんたい》してメドフォードに住んでるっていうから。今は、ほとんど隠遁《いんとん》生活なんだけど、二、三人の生徒はとってるの。わたしは、週に二、三日、放課後行ってる。だから、こうしてチェロを持って登校してるわけ。さらに、毎朝、授業《じゅぎょう》が始まる前に、音楽室で練習することになってる」

「へー！　じゃあ、うまいのね」

ジャックは肩《かた》をすくめ、ぽつんといった。

「やってるってだけ」

それから、しばらく、わたしたちふたりは、ただもくもくと食べていた。でも、その沈黙《ちんもく》は、よそよそしいものではなかった。わたしは、茶色い髪《かみ》をした、あのなかよしのふたり組を思いだした。その子たちは、幼稚園《ようちえん》からずっと大のなかよしで、中一になった今も、毎日あぶれ者のテーブルで弁当《べんとう》の中味を取替《とりか》えっこしている。

やがて、ジャックが、壁《かべ》の時計を見上げた。

「あ、もう行かなきゃ」

「授業《じゅぎょう》が始まるまで、まだ十分《じっぷん》もあるわよ」

「わたしの場合、棺桶《かんおけ》を引きずっていかなきゃならないから」

「カンオケ？」

ジャックが、チェロのケースをやさしくたたいた。

「このでっかい棺桶《かんおけ》があるから、ふつうの人より移動《いどう》に時間がかかるわけ」

確《たし》かに。ジャックはチェロを引きずり、だれにもぶつからないように、あっちへよけ、こっちへよけしながら、やっとのことでカフェテリアを出ていった。

それから、数日、ショシャーナは学校を休みつづけた。うわさによると、おばあさんが亡《な》くなったらしい。

わたしは、毎朝、不安をあらたに登校するものの、状況《じょうきょう》は変わらず。ジャックとわたしは毎日、ジャックの棺桶《かんおけ》とともに昼食をとりつづけた。そして、その週の終わりには、ジャックに会うのを楽しみに、カフェテリアで姿《すがた》をさがしている自分に気づいたのだった。

席は、いつもジャックがとっておいてくれた。わたしたちは、知り合いになりたい者同士がよくするように、基本的《きほんてき》な情報《じょうほう》を交換《こうかん》した。

ジャックの父親はコンピュータの天才で、地元の企業《きぎょう》で働いている。わたしの父さんは、五年前に母さんと別れた。

ジャックは以前、ダーウィンという名のラブラドールとビーグルとの雑種の犬を飼《か》っていたが、母親がアレルギーになったので手ばなさざるを得なかった。わたしも小犬を飼《か》いたくてたまらないのだが、今のところペットはいない。わたしたちはふたりともひとりっ子である。まあ、こんなぐあいだ。

しばらくあとに、ふと気がついた。

ひょっとして、わたし、友だちができたの？　この学校に来て一年以上、だれの目にもとまらず透明《とうめい》人間として暮《く》らしてきたわたしに、とうとう、友だちができたんだ！

これは、うれしいなんてもんじゃない。妙《みょう》ないいかただが、亡霊《ぼうれい》の気持ちがわかるような気がする。霊媒師《れいばいし》である母さんを発見したときの、亡霊《ぼうれい》の気持ちが。

亡霊《ぼうれい》たちは、何年も何十年も、あるいは何百年も、だれにも見られることなく、さまよってきた。そして、とうとうある日、うちの母さんがその霊《れい》を、見る。やっと自分を見てもらった亡霊《ぼうれい》は、どんなにうれしいだろう！　すぐさま母さんを親友のように思うのも無理はない。

ジャックはわたしを、見た。そして、わたしは、そのことがこの上もなくうれしかった。

金曜日、学校から帰ると、母さんが台所のテーブルについて、ロウソクのあかりで手紙を読んでいた。

もちろん、うちだって電気代くらいなんとか払《はら》える。母さんの実家からときおり送ってくる小切手と、霊媒《れいばい》の仕事で稼《かせ》いだお金で、家を明るく暖《あたた》かくすることぐらいはできる。

母さんは、ただ、ロウソクのあかりが好きなのだ。それも、ふつうのロウソクではなく、ミツバチの巣《す》で作った蜜蝋《みつろう》のあかりが。母さんによると、蜜蝋《みつろう》の炎《ほのお》はマイナスイオンを部屋に放出するのだそうだ。このマイナスイオンが、とっちらかった頭の中をすっきり掃除《そうじ》してくれるし、ちょうど雷雨《らいう》の直前のように空気を濃密《のうみつ》にしてくれるという。

わたしも、この長年《ながねん》のロウソク生活体験から、母さんの意見にはほぼ賛成《さんせい》。確《たし》かに、ロウソクは何かを変える。

ロウソクが気にいってるもうひとつの理由は、チラチラするロウソクの光が、母さんの長い、赤ん坊《ぼう》みたいにやわらかい金髪《きんぱつ》やアンデス風肩《かた》かけを、とても美しく照らしだすから。母さんはまるで、平和を願って花を身につけていたヒッピー、フラワー・チャイルドみたいに見える。

わが家の台所は、このロウソク一本のおかげでサマーキャンプの雰囲気《ふんいき》だ。わたしは母さんの向かい側にすわった。

「おかえり」手紙をたたみながら、母さんがほほえみかける。

「ただいま」と、わたしもほほえみを返した。「それ、なんの手紙？　陪審員《ばいしんいん》の呼《よ》びだし状《じょう》？　それとも、ファンレター？」

「霊《れい》を呼《よ》びだしてほしいけど、わたしに会いには来れないんですって。来たくないのかもしれないわね」と、母さんはたたんだ手紙をふたたび開いた。

「また？　それって、おかしいよ。母さんの能力《のうりょく》を信じてて、助けてほしいんなら、どうしてちゃんと本人がここに来ないの？」
わたしは腹《はら》が立ってしかたがない。母さんにたのみこんで霊《れい》の呼《よ》びだしをしても
らった人が、ショッピングセンターの食料品売り場でばったり会ったりすると知ら
んぷりする、なんてことがあまりにも多いからだ。まるで、母さんと知り合いだと
いうのが恥《は》ずかしいみたいに。そんなときも、母さんはただ肩《かた》をすくめるだけだ。
「キャット、人って、そんなに単純《たんじゅん》ではないわ。亡《な》くなった愛する人とコンタクト
をとりたいと願うようになるまでには、それはそれは、いろんな葛藤《かっとう》があると思う
の。決心して、わたしのところへ助けをもとめてきたとしても、きっと苦しみなが
らのことよ。そんな人を、他人が裁《さば》いたりできないんじゃないかしら」
こんなことばを聞くと、わたしはどう努力しても、母さんのようにはなれないと
つくづく思う。どうして母さんは、これほど強く、人がよく、やさしいんだろう。
わたしには無礼《ぶれい》としかうつらない行為《こうい》の中に、母さんはその人の苦しみを見てとる
のだ。

「母さん、わたしだって、軽々しく人を判断《はんだん》しちゃいけないことはわかってる。ただ、そんな人だって、母さんに対する礼儀《れいぎ》をわきまえてもいいんじゃないかって思うの。助けてもらうんだから、少なくとも敬意《けいい》はしめすべきよ」わたしは、できるだけ感情《かんじょう》をおさえていった。

母さんがほほえんで肩《かた》をすくめた。

「あーら、わたしだって、ちょっとした敬意《けいい》をつっぱねるほど、ヤボじゃないわ」

「わたし、母さんのこと、尊敬《そんけい》してる」

母さんは、またにっこりした。

「ええ、存《ぞん》じておりますとも」

わたしは、母さんの手の中の手紙がおおいに気になった。でも、見せて、と自分からたのむほどバカじゃない。

母さんはときどき、依頼主《いらいぬし》について話してくれることがあるし、ごくたまに、依《い》頼主《らいぬし》の手紙を読ませてくれることもある。そんな手紙はたいてい、用件《ようけん》のみの、こんな手紙だ。

霊媒師《れいばいし》さま

いかがおすごしでしょうか？　わたしは元気です。

どうか、トゥーティおばさんの霊《れい》を呼《よ》びだして、銀の宝石箱《ほうせきばこ》の鍵《かぎ》がどこにあるか、たずねていただけませんか。

あの世のかたがたのご健康をお祈《いの》りします。

かしこ

○○○（偽名《ぎめい》）より

だが、母さんのところに来るほとんどの手紙は、母さんに完全に口をつぐむことを要求してくる。つまり、自分が依頼《いらい》したということをだれにもしゃべるな、もし道でバッタリ出会っても知らないふりをしろ、なぜなら、このことは仕事の依頼《いらい》以上の何ものでもないのだから、というわけだ。

母さんは、手もとの手紙をしばらく見つめていたが、ほんのわずか、まゆをよせた。

「何か聞こえるの？」と、わたしは聞いた。

母さんは、少しのあいだ目をつむると、頭をふった。

「何も。今は、何も聞こえないわ。ただ、時が来たら、聞かれるべきものは聞こえてくるはず。ところで、あなた、きょうはたくさん宿題があるの？」

わたしは首をふった。

「確《たし》か、今晩《こんばん》、サイエンスフィクションのチャンネルで、スタートレックの再放送《さいほうそう》があるんじゃなかったかしら。いっしょに見る？」と母さんが誘《さそ》った。

わたしは、また首をふった。

「じゃあ、中華《ちゅうか》料理の出前、たのみたい？」

「うーん、きょうは、中華《ちゅうか》料理の気分じゃないかも」とわたしはこたえたが、母さんが、何かいっしょにやりたがっていることはわかっている。そこで、対案《たいあん》をだした。

「川まで散歩に行かない?」

「いいわねえ! 途中《とちゅう》でパン屋によって、あったかい有機《ゆうき》のリンゴジュースと、全粒粉《ぜんりゅうふん》のシナモンドーナツ買いましょう」

ドッとつばがわいてきた。いつものことだが、母さんにいわれたとたん、自分が何を食べたいのかがわかるのだ。

母さんがロウソクを吹《ふ》き消すあいだに、わたしはすばやくコートを着た。

「何かニュースでも話してくれるのかしら?」ギシギシきしむ廊下《ろうか》を玄関《げんかん》まで歩きながら、母さんが聞いた。

「うん、じつは、どうもわたし、友だちができたらしいんだよね」

母さんが玄関《げんかん》のドアノブをつかんだまま、時間がとまったみたいに、わたしを見つめている。その顔が、あんまりうれしそうで期待に満ちていたので、わたしはとっさにこんな誓《ちか》いをたてた。

――もし、ジャックが、結局わたしとつきあうのをやめたとしても、母さんのこの幸せを守るため、わたしは架空《かくう》の友だちを創造《そうぞう》することを誓《ちか》います。

「まあ、キャット、すてき！　ねえ、その子の話、聞かせて」

「うん、その子ってね、でっかい棺桶《かんおけ》とともに現《あら》われたの」ふたりで家を出ていきながら、わたしは話し始めた。


そのことが起こったのは、母さんとわたしがリンゴジュースとドーナツを食べ終えて、川に沿《そ》って散歩していたときだ。とにかくわたし自身は、そんなことについて未経験《みけいけん》だったし、そんなことが起こるということにもほとんど心の準備《じゅんび》ができていなかった。

夕闇《ゆうやみ》がせまっていた。ジャックのことがこれほど母さんを幸せにしているという事実が、わたしにはショックだった。うれしくもあったが、恐《おそ》ろしくもあった。わたしたちは、ゆっくりと通りを歩いていた。

と、そのとき、丈《たけ》の長い黒いコートを着て古めかしい帽子《ぼうし》をかぶったひとりの紳士《しんし》とすれちがった。わたしは、うっかりその人のほうに近づきすぎ、すれちがいざまに彼《かれ》の腕《うで》をかすってしまったので、反射的《はんしゃてき》に「ごめんなさい」といった。

とたんに母さんが、となりで凍《こお》りついたように動かなくなった。その瞬間《しゅんかん》、わたしにはわかった。自分のやらかしたことが。

母さんとの会話に夢中《むちゅう》になっていたあまり、その男の体がやけに平面的《へいめんてき》であることと、彼《かれ》の体のまわりに電気を帯《お》びた空気がブンブン音を立てていることに、わたしは気づかなかった。なんとなく、異次元的《いじげんてき》な感じをただよわせていることも、見のがしてしまったのだ。

わたしが話しかけた男は、亡霊《ぼうれい》だった。

母さんが、わたしの目をじっとのぞきこんだ。それから、わたしの肩《かた》に両手をのせて、ささやいた。

「キャット、あなた今、なんていった?」

4 霊媒犬《れいばいけん》

母さんの金色がかった緑色の瞳《ひとみ》を見つめかえすうち、わたしは、もう何もかも打ち明けてしまいたくなった。

じつをいうと、誕生日《たんじょうび》の三日後から始まっていたのだ。家に帰る途中《とちゅう》、歩道に、パーティードレスを着たふたりの小さな女の子が歩いているのが目にとまった。一分ほどもその子たちをながめていて、わたしはようやく気づいた。

おかしい。

わたしのほかには、だれもこの子たちにほほえみかけていない。それだけではない。歩道を散歩している人たちのだれひとりとして、この子たちをよけようとしない。さらに、夏の終わりの強い日差しにもかかわらず、歩道には、この小さな子たちの影《かげ》がないのだ。

わたしが今見ているのは、亡霊《ぼうれい》だ、と気づいたとたんに、女の子のひとりがふりむいて、助けて！ という必死のまなざしでわたしを見つめた。わたしはとっさにまわれ右して、一目散《いちもくさん》に逃《に》げだした。

そのほかにも二回、歩いている亡霊《ぼうれい》を見たことがあるから、きょうのを合わせると四回見たことになる。そのことを、今、あっさり母さんにしゃべることも、できなくはなかった。

だが、そうする代わりに、わたしはうそをついた。

「ごめんなさいって、いったの」と、わたしはほんの数ミリ、母さんの瞳《ひとみ》から目をそらした。「だって、リンゴ味のでっかいゲップが出たんだもの。聞こえたでしょ?!」

母さんがためらったのは、ほんの十分《じゅうぶん》の一秒ほど。でも、わたしにはわかった。母さんは何かをいおうとして、やっぱりいうまいと決めたのだ。ときどき母さんは、わたしの双子《ふたご》の姉さんみたいに、わたしの心を読みとる。

母さんは、わたしのマフラーをいたずらっぽくひっぱりながらいった。

「じゃあ、あれ、あなただったの？　わたし、また、船が霧笛《むてき》を鳴らしたのかと思ったわ」

「まだまだ、ゲップは始まったばっかりよ。夕食がすんだら船が船団《せんだん》を組んでやってきて、つぎつぎに霧笛《むてき》を鳴らすんだからね」

母さんは楽しそうにクスクス笑って、わたしと腕《うで》を組んだ。

わたしたちは川沿《かわぞ》いの遊歩道《ゆうほどう》を終点まで歩くと、またひき返した。ホッとしたことに、あの黒いコートを着た亡霊《ぼうれい》は消えていた。おそらく、だれかと話をしたがっている霊《れい》ではなく、ただ、死後半世紀もたって足なんか使う必要がなくなった今も、夕方の散歩をあきらめきれない、いたって害のない亡霊《ぼうれい》だったのだろう。

母さんにうそをついてから、わたしは急に口数が少なくなった。今さら何を楽しげにおしゃべりしようと、みんなうそになってしまいそうな気がする。いつものように母さんは、敏感《びんかん》にそんなわたしの気持ちを感じとって、家に帰り着くまで、ほとんどひとりでしゃべりつづけてくれた。

「きょうね、キャット、コインランドリーで、とってもおかしいことがあったの。ひとりの青年が洗濯物《せんたくもの》を持ってやってきたんだけど、どうもコインランドリーは初体験らしいの。それで、しぼり染《ぞ》めしたオレンジ色のシャツを、ほかの白い物といっしょに、ポンと洗濯機《せんたくき》に放りこんじゃったのよ。洗濯《せんたく》が終了《しゅうりょう》して取りだしたときのその子の顔ったら、もう、なかったわ!」

わたしは母さんの話をにこにこして聞きながら、うなずいたり、笑ったり、母さんのよき聴衆《ちょうしゅう》となった。でも、そのあいだじゅう考えていたのは、わたしのうそのこと。

母さんに、なんてつまらない、恥《は》ずかしいことをしてしまったんだろう！　顔とは裏腹《うらはら》に、気持ちがどん底まで落ちこんだとき、母さんがこんなことをいいだした。

「でもね、キャット、わたしがコインランドリーで見たものは、オレンジ色の洗濯物《せんたくもの》を取りだした青ざめた青年だけじゃないの。壁《かべ》に貼《は》ってあったチラシも見たのよ。そのことを、わたし、きょう一日じゅう考えてたんだけど……。キャット、あなた、とっても犬を飼《か》いたがってたわよね」

わたしは、その場に、文字通り釘《くぎ》づけになった。心臓《しんぞう》だけが激《はげ》しく鼓動《こどう》している。犬？　飼《か》いたがってるってもんじゃない。犬を飼《か》うことをチラッと考えただけで、泣きそうになるほどだ。でも、小犬なんて、みんなとても高価《こうか》だし、飼《か》うのもたいへんだというし、何より、母さんのだいじな仕事中にも犬は静かにしていてくれないだろうし……。

「ねえ、まだ、そんなに期待しないで。それに小犬じゃないの」母さんがさっそくわたしの心を読んで、釘《くぎ》をさした。「もうおとなの犬なの。五歳《さい》だって。ジャーマン・シェパードよ。チラシによるとね、飼《か》い主《ぬし》が一家で海外に行っちゃうんですって。だから、その犬をひきとってくれる家をさがしてるらしいの」

わたしは口を開かなかった。だって、ちゃんとしゃべれる自信がなかったから。

ジャーマン・シェパード！　大好きな種類よ！

わたしは息を詰《つ》めたまま、母さんの話のつづきを待った。

「わたし、その飼《か》い主《ぬし》のところに電話してみたのよ。そしたら、コインランドリーのすぐ近くだったから、その足でよってみたの。ひと目でも、その犬を見てみたいと思ってね。名前はマックス。とにかく、すばらしい犬なの。かしこくて、おだやかで。しかも、その家には、少なくともふたりの亡霊《ぼうれい》がいるんだけど、その犬、まったく平気《へいき》にしてるのよ。もちろん、家族は少しも気づいてないの、自分たちが、一九四〇年代にその家で亡《な》くなったふたりのおばあさんといっしょに暮《く》らしてるなんてことはね。でも、マックスは、そのふたりと、ちゃーんとうまくつきあってるのよ。もっともそのふたり、わたしにもとても感じよくしてくれたわ。さーて、あなたのご意見は？」

わたしはもちろん、全力でうなずいて、大賛成《だいさんせい》の意を表《ひょう》した。あんまり勢《いきお》いよく首を動かしたので、骸骨《がいこつ》イアリングが激《はげ》しく揺《ゆ》れて髪《かみ》の毛にひっかかってしまった。母さんのほほえみが、みるみる顔全体に広がっていく。

「そう？　飼《か》う？」

「もちろんよ！　飼《か》いたい、飼《か》いたい、飼《か》いたい！」わたしは母さんに抱《だ》きつき、遊歩道《ゆうほどう》で跳《と》んだりはねたりした。「ねえ、いつ、マックスを家に連れてくるの？」

このとき、わたしがどんなに母さんを愛していたか、ことばではいい表せない。幸せのあまり、もう少しで、霊《れい》が見えるようになったという事実を口走りそうになったほどだ。だが、わたしは危《あぶ》ないところで踏《ふ》みとどまった。

打ち明けてしまったら、もう打ち消しようのない事実になってしまう。でも、わたしは、そうなってほしくないのだ。

わたしにはまだ覚悟《かくご》ができていなかった。わたしなんか、母さんにはほど遠い。母さんみたいな強さも、やさしさもない。霊媒師《れいばいし》としてやっていくのに必要な素質《そしつ》が、わたしには全然そなわっていないと思う。

亡霊《ぼうれい》は、赤ん坊《ぼう》に似《に》ている。何かしてほしいことがあると、泣いたりわめいたりするし、それをやってあげるまで叫《さけ》びつづける。しかも、これまた赤ん坊《ぼう》と同じで、何が不満なのか、どうしてほしいのか、きちんと説明することができない。

こちらがつかれていたり、ちょっと休みたいときも、「あとでね」なんていって知らん顔することはできない。

霊媒師《れいばいし》になることは、世の中のありとあらゆる苦痛《くつう》を味わわなくちゃならないということなのだ。霊媒師《れいばいし》に助けてほしいくせにスーパーマーケットでは無視《むし》するような、無礼《ぶれい》で心根《こころね》のまがったおおぜいのやつらとつきあわなくちゃならない。母さんがやってるような、そんな献身《けんしん》と責任《せきにん》を、一生のあいだ負いつづけることができるだろうか？　わたしにはまったく自信がない。

そもそも、わたしはどんな種類の赤ん坊《ぼう》も苦手《にがて》だ。そういう意味では、マックスがおとなの犬でちょうどよかったかも。

わたしは、まるで何千というフラッシュを浴《あ》びながらレッドカーペットを歩く女優《じょゆう》のように、川沿《かわぞ》いの遊歩道《ゆうほどう》を、マックスのことをしゃべりながら満面《まんめん》の笑顔で歩いた。わたしが隠《かく》しごとをしてるなんて、母さんもわたし自身も夢《ゆめ》にも思っていないという芝居《しばい》を、世界を相手に演《えん》じていた。

その晩《ばん》のうちに、マックスはわが家にやってきた。まるでずっと前から飼《か》ってたみたいに、わたしたちは、マックスに親しみを感じた。

もとの飼《か》い主《ぬし》は子どものいない老夫婦《ろうふうふ》で、めそめそと愛犬との別れを引きのばしたくなかったらしい。マックスがいつも寝《ね》ていた大きなまくらと、つなぎひもと、マックスの好物《こうぶつ》をいれた袋《ふくろ》を手渡《てわた》すと、さっさと玄関《げんかん》のドアを閉《し》めた。そこで、わたしたちふたりと一匹《ぴき》は、さっそく帰途《きと》に着いた。

人生が、こうも突然《とつぜん》、すっかり変わってしまうなんて！　三時間前のわたしは、犬には縁《えん》のない人間だった。それが今、世界一美しいジャーマン・シェパードを連れて家に向かっているのだ。マックスのベッド代わりの大きなまくらを重そうに抱《かか》えた母さんをお伴《とも》に。

もともと、霊媒師《れいばいし》が家計を支《ささ》えるわが家に、ぜいたくに使えるお金などあったためしがない。でも、今この瞬間《しゅんかん》、マックスを散歩させながら通りを歩くわたしは、町一番あまやかされた子どもの気分だった。

わたしたちが家の前に来ると、マックスは自分から家のほうに向きをかえ、つなぎひもをひっぱって玄関《げんかん》前のステップをのぼり始めた。

「どうして、うちがわかったのかしら？」と母さんがおどろいた。

「たぶん、すっごく鼻がいいのよ」

わたしは、さっさとドアのほうへ歩いていくマックスを追った。マックスは玄関《げんかん》マットまで来ると、そこにすわり、母さんを見上げた。

「母さんが鍵《かぎ》を開けるのを、待ってるみたいよ」

ほんとうに、そうとしか見えない。

母さんが鍵《かぎ》を開けるあいだ、わたしはまくらをあずかり、マックスが自分で家の中へ自由に入っていけるように、つなぎひもをはなした。この家を自分の家だと思えるまで、思う存分探検《ぞんぶんたんけん》させようと思ったのだ。

「マックスのお皿は台所におくとして、キャット、そのまくらはどこにおいたらいいと思う？　わたしは、居間《いま》の角の窓際《まどぎわ》がちょうどいいんじゃないかと思うんだけど。毎日、日が射《さ》すしね。夜は、ひょっとしたら、あなたのベッドの上で寝《ね》たがるかもしれないわね」

「え？　寝《ね》せてもいいの？　絶対《ぜったい》、そうしたい！」

わたしの夢《ゆめ》のひとつは、それだ。犬が毎晩《まいばん》わたしのベッドの上に丸くなり、いっしょにいびきをかきながら至福《しふく》の眠《ねむ》りにつくこと。マックスは大型犬だが、いや、それだからこそ、わたしはいっしょのベッドで、そうやって眠《ねむ》りたかった。

「夜になったら、マックスがどこに寝《ね》に行くか、見てみましょう。きっとマックスには、自分なりの考えがあると思うわ」と母さんがいった。

「ほんと。マックスったら、きょうから、ここでわたしたちと暮《く》らすってことが、ちゃんとわかってるみたい」

母さんが笑った。

「ほんとにそうね。まあ、とにかく、そのまくらは居間《いま》に持っていきましょう。あの窓《まど》の下にちょうどよくおさまるんじゃないかしら」

そういいながら、わたしたちふたりは、居間《いま》に入ったが、同時にその場で動けなくなった。

なんと、わたしたちがまくらをおこうとしていたまさにその場所に、マックスが寝《ね》そべっていたのだ。昼間になればちょうどそこに日が射《さ》すことを、ちゃんと知っているかのように。

母さんが、あきれて笑った。

「まあ、まあ、わたしたちの勘《かん》は当たったわね。この犬は、自分なりの考えがあるだけじゃなくて、わたしたちの考えもわかってしまうみたいよ」

「霊媒犬《れいばいけん》かも」

わたしは、自分の冗談《じょうだん》に笑えなかった。

その夜、ベッドに入って小説を読んでいると、マックスが静かに部屋に入ってきた。そして、ベッドに跳《と》び乗り、大きな美しい毛並《けな》みの体を横たえて丸くなったのだ。温かい重みをわたしの足にのせて。


わたしとジャックの友情《ゆうじょう》を決定的にしたことが、ふたつある。ひとつがカフェテリア事件《じけん》。もうひとつが、ショシャーナ取り巻《ま》き軍団《ぐんだん》の攻撃《こうげき》だ。

その日、ジャックとわたしはカフェテリアで昼食をとっていた。そこへ、ボールペンと紙ばさみで武装《ぶそう》したショシャーナが近づいてくるのを見て、わたしの気持ちは、ドサッと音を立ててしずんだ。

そりゃ、わたしだって、他人のおばあさんが亡《な》くなったのを喜ぶわけではないが、そのためにショシャーナが休んでいることは、正直うれしかった。

だが、ショシャーナは先週から学校にもどり、今、猛烈《もうれつ》なスピードでわたしのテーブルへ接近《せっきん》しつつある。それが何を意味するかは、霊媒師《れいばいし》の娘《むすめ》でなくともわかる。

ショシャーナがうちに来て怪奇現象《かいきげんしょう》を体験してしまってから、二週間がたっていた。それ以来、ショシャーナの取り巻《ま》きのトップ、ブルックリンが、わたしのほうを見るたびうすら笑いを浮《う》かべるとはいえ、わたしに関するゴシップはまだ耳にしない。

きっとショシャーナは、そんな古くなってしまったゴシップなんて興味《きょうみ》がなくなって、ブルックリンよりほかにには、うわさを広めないことにしたのだろう。

また、わたしのほうも、いつの日かショシャーナと親友になるという可能性《かのうせい》についてはとっくにあきらめていたから、学校中で物笑いの種にされずにすんだことにホッとして、今はただただ、ショシャーナにこれ以上わたしをきらう理由をあたえないよう気をつけていた。

ショシャーナは人気者だ。だから、学校で大きな権力《けんりょく》を手にいれている。また、権力《けんりょく》があるがゆえに、さらに人気を得る。人気が先か、権力《けんりょく》が先か？　中学の生徒間の序列《じょれつ》も「卵《たまご》が先か、ニワトリが先か」みたいなものだ。

そういうわけで、校内ダンスパーティーでも、ショシャーナは会場設置《せっち》委員会の委員長で、パーティーのテーマ決めと、会場設置《せっち》の両方に責任《せきにん》を持っている。テーマ決めは自分でやるが、会場設置《せっち》のほうは、だれかに無理やり代行させるのがいつものやり方だ。

ショシャーナは、もったいぶった様子で、わたしとジャックのテーブルの前に立った。ボールペンがカシャッと鳴る。「さあ、命令をだすわよ」という合図だ。

「キャット、今度の土曜のダンスパーティーの準備《じゅんび》に人手がいるの。今度のテーマは、『世界の宝石《ほうせき》』でしょ? ダイヤとかルビーとかエメラルドとかサファイヤとかを、色画用紙切りぬいて作らなきゃならないの。それから、天井《てんじょう》からさげるいろんな形の星とか、月とかもね。だいたい、一種類につき五十個《こ》から百個《こ》くらいかしら。材料は図工室にあるわ。あなたが、きょうの放課後、遠慮《えんりょ》なく作ってくれたら、最高なんだけどな!」

ショシャーナが命令をだすときは、いつもこんなふうだ。「遠慮《えんりょ》なく、やっていいわよ」。まるで、相手が一日じゅう、それをやりたくてうずうずしていたみたいにいう。最後につけくわえる「だったら、最高なんだけどな!」という仮定法《かていほう》も、もちろん意味がない。

わたしはショシャーナに選ばれ、命令されてしまった。抵抗《ていこう》してもむだだ。この中学では、こういう状況《じょうきょう》になっただれもが、いわれたとおりにする。だって、断《ことわ》ろうものなら、その後の学校生活はこっぱみじんにされるだろう。それほどショシャーナの力は絶大《ぜつだい》で、わたしの力は……、少なくとも絶大《ぜつだい》とはいいがたい。

わたしはしぶしぶ、承諾《しょうだく》しようとした。放課後三時間残って、その宝石《ほうせき》やら月やら星やらの形を色画用紙から切りぬくことができたら、わたし最高に幸せ、とかなんとか。

ところが、そういおうとした瞬間《しゅんかん》、ジャックが口をはさんだ。

「できないよ、キャットは」

ショシャーナが、ポカンとしてジャックを見つめる。フーバーダムについて話しあったときそっくりの「え？　何？　わかんない」という顔だ。

ショシャーナは、バカていねいにジャックに聞いた。

「今、何かおっしゃって？」

「キャットは、きょうは手伝えないよ。わたしたち、図書館でいっしょに生物学の調べ学習することにしてるから」と、ジャックがこともなげにこたえた。

ショシャーナが、「これって、冗談《じょうだん》でしょ？　そうよね？」というように短く笑って、まわりを見まわした。

これがドッキリカメラでなくて、なんだろう？　というわけだ。

「あのね」とジャックに向かって話しだしたショシャーナの声には、まだ軽い笑いが含《ふく》まれていた。

「お勉強もいいんだけど、ほんとに手が足りないの。あなた、転入生よね？　だから、きっとわからないんだろうけど、わたし、ダンス会場設置《せっち》委員会の委員長なの。だから、キャットは、遠慮《えんりょ》なんかせずに、きょう、仕事を手伝ってくれる必要があると思うのよね」

「できないってば。わたしといっしょに図書館に行くんだもん。あなたのほうこそ、遠慮《えんりょ》なく、ほかの人にたのむ必要があるわよ」と、ジャックがきっぱりといった。

残念ながらショシャーナは、「できない」という返事に、まったく慣《な》れていなかった。口をあんぐりと開けたまま、その場に突《つ》っ立っている。

ジャックが立ちあがった。

「行くよ、キャット。わたしのこの棺桶《かんおけ》に手を貸《か》して」

わたしは一瞬《いっしゅん》まよった。だって、今までショシャーナが、うちの家での出来事を手下どもにしゃべらなかったのは、一種の気まぐれみたいなものだ。今、わたしがこんな謀反《むほん》を起こせば、ショシャーナは学校中の者にあの日のことをぶちまけて、仕返しするにちがいない。それがいかに古いゴシップだとしても。

でも、考えてみれば、ショシャーナは、つねにわたしに対する悪口の材料は持っているわけだし、わたしの友だちになる可能性《かのうせい》は絶対《ぜったい》にない。それに引きかえ、ジャックは、わたしの初めてのたいせつな友だちだ。

結論《けつろん》は出た。わたしは、チェロケースの片方《かたほう》を持ちあげた。実際《じっさい》には、わたしが手伝わなくても、ジャックはチェロを引きずっていけることを知っていたけれど。

わたしたちふたりがカフェテリアを出ていくときも、ショシャーナは、空《から》になったあぶれ者テーブルのそばに立ちつくしていた。

5　十代のセレブ

廊下《ろうか》へと両開きのドアを通りながら、わたしはこころよい興奮《こうふん》を味わっていた。と同時に、未来に暗雲《あんうん》が垂《た》れこめるのも感じた。

「わたしたち、いっしょに生物学の調べ学習やるんだっけ？」と、わたしはジャックに聞いた。

「どっちみちいつかはやるんだし、きょうならチェロのレッスンがないから、授業《じゅぎょう》が終わったらすぐやれる。とにかく、あのときは、だれかが介入《かいにゅう》する必要があった。でしょ？　あなたが切りぬき細工《ざいく》なんかしたくないってのは、天才でなくてもわかるよ」

「助けてくれてありがとう、ジャック。でも、断《ことわ》ったのがよかったかどうか、よくわかんないわ」

ジャックが緑色の目を意味ありげに細め、わたしを見た。

「てことは、お星さまを切りぬきたくって、うずうずしてたっていうの？ ふだんは見向きもしてくれない女王様のために？ しかも、ダンスパーティーなんか絶対《ぜったい》行く気ないのに？」

わたしはまだ、ジャックに打ち明ける準備《じゅんび》ができていない。ショシャーナを無視《むし》できないほんとうの理由を。それをいうためには、うちの家で十九世紀のバグパイプ奏者《そうしゃ》がショシャーナを怖《こわ》がらせたことを話さなきゃならないし、そうしたら、うちの居間《いま》にときどき亡霊《ぼうれい》が立ちよることも説明しなくちゃならなくなる。やっぱり、この問題にはふれないのが一番だ。

わたしはほほえんだ。

「そりゃ、そんなふうにいわれれば……。でも、笑いごとじゃないの、ジャック。

信じて。わたし、去年からこの学校にいるのよ。ショシャーナの逆鱗《げきりん》にふれた者に何が起こるか、この目で見てきたんだから。みんな、わかってるの。やれっていわれたことを、にっこり笑ってするほうがましだって。渦中《かちゅう》の人となるよりはね」

「冗談《じょうだん》でしょ。まさか、まじめにいってるんじゃないよね、ショシャーナとあの取り巻《ま》き連中に気にいられることが、そんなにたいせつだなんて」

わたしは内心、自分がいやになった。つい最近まで、ショシャーナに認《みと》められることがどんなに大きな意味を持っていたかを、思いだしたのだ。でも、今、わたしにはジャックがいる。

わたしは突然腹《とつぜんはら》が立って、叫《さけ》んだ。

「もちろん、本気じゃないわよ！」

「じゃあ、さわぐことないんじゃない？　ショシャーナと取り巻《ま》き軍団《ぐんだん》が、わたしたちにどんなに冷たくしようとさ、わたしたちの生活の質《しつ》に影響《えいきょう》をあたえるようなこと、ないでしょ？」

うなずいて賛成《さんせい》したものの、やはり、心の奥《おく》ではまだ不安を感じていた。ジャックにもそれがわかったらしい。ロッカーにチェロのケースを立てかけると、わたしのほうを向いて、両手をわたしの肩《かた》においた。まるで母さんがするみたいに。

「ねえ、キャット。目を覚《さ》ましなさいよ。ここは中学なんだよ。大統領選挙《だいとうりょうせんきょ》やってんじゃないんだから。ショシャーナの怒《いか》りなんてわすれてさ、お母さんに電話しておいでよ。放課後残って、生物学の勉強するって」

わたしは胸《むね》が熱くなって、ほほえんでこたえた。

「そうするわ」

ジャックは、満足そうにうなずくと、ふたたびチェロのケースをひっぱって廊下《ろうか》を歩きだした。ついていきながら、わたしは突然《とつぜん》思いだした。

「あーっ、わすれるところだった！　きのう、うちに犬が来たんだ！」

ジャックが、顔を輝《かがや》かせてふりかえる。

「えっ？　いつ？　犬飼《か》うなんて、ひと言もいわなかったじゃないの！　どこで見つけたのよ？　迷子《まいご》の犬？　保健所《ほけんじょ》で見つけたの？　ちょっと、キャット、まさかペットショップに行ったんじゃないでしょうね。あそこ……」

「ちがうのよ、ジャック。まるでマンガみたいな話なの。母さんが、たまたまチラシを見たの。それによると、飼《か》い主《ぬし》はすぐに引《ひ》っ越《こ》す人たちで……。だから、その一時間後には、その犬、もううちに来ちゃったの。すばらしいジャーマン・シェパードよ。名前はマックス。おかしいくらいすぐ慣《な》れて、まるでずっとうちにいたみたいなの」

「その犬に会いたい！　すぐに！　それって、キャット、その犬があなたを見つけたんじゃない？　あなた、その犬を飼《か》う運命だったんだよ！　てことは、その犬は、わたしも見つけたってことだ。だって、わたしはあなたの友だちなんだから、つまり、その犬の義理《ぎり》の飼《か》い主《ぬし》みたいなものよね。ジャーマン・シェパードなんて、すっごいよ！」

この幸せをどういい表せばいいのだろう？　ジャックがマックスのことを知って、

わたしと同じくらい興奮《こうふん》している！　よく、心が温かくなるっていうけど、ジャックのこの喜びようは、わたしの心をほんとうにあったかくしてくれた。

「うちに、見にきてよ！」わたしは、つい口をすべらせた。うちに招待《しょうたい》した人たちにどんなことが起こるか、うっかりわすれて。

「行く！　絶対《ぜったい》！　すぐにでも！　わたし、見る前から、マックスに首ったけだよ。散歩させて、ブラッシングしてあげて、マックスといっしょに、ショシャーナのダンス会場設置《せっち》委員会のこと、バカにしちゃおうね。ショシャーナっていったら、うなるように訓練《くんれん》してもいいよね。それって、おかしいと思わない？　まったく、キャットったら、あの子の機嫌《きげん》をそこねたらどんなことが起こると思ったわけ？」

その質問《しつもん》のこたえは、まもなく明らかになった。

下校のベルが鳴る直前、わたしは、ひとりでロッカーから本を取りだしていた。

母さんは、放課後ジャックと図書館に残って勉強し、そのあとジャックを家に連れてきてマックスを見せてもいいといってくれた。わたしが新しい友だちと、ほんの少しの時間をすごすというそれだけのことが、電話口の母さんを有頂天《うちょうてん》にさせた。自分からいった覚えはないが、今までわたしがどんなに孤独《こどく》だったか、母さんは知っていたのだ。きっと母さんのことだから、だれひとり知り合いのいない町にわたしを連れてきたことで、自分を責《せ》めていたのだろう。その母さんが喜んだことがうれしくて、わたしの顔はしばらくほころんだままだった。

気がつけば、いつのまにか、その少女はわたしの背後《はいご》に立っていた。まるで、ある時突然《とつぜん》、大気圏《たいきけん》に突入《とつにゅう》して燃《も》えあがる彗星《すいせい》のように。

ブルックリン・ビゲロー。寝《ね》てるとき以外の全時間を、ショシャーナのまわりにいることに費《つい》やしている取り巻《ま》き少女軍団《ぐんだん》の創始者《そうししゃ》のひとり。だが、底意地《そこいじ》の悪さはずばぬけている。

わたしがロッカーを閉《し》めているあいだ、ブルックリンは何もしゃべらなかった。わたしはロッカーのダイヤルをまわすのに、たっぷり時間をかけた。でも、もうそれ以上やることを思いつかなかったので、ふりかえってブルックリンを見た。

ブルックリンは腕組《うでぐ》みをして、わたしの前に立っていた。小さな目が意地悪く光っている。とくに美人でもない平凡《へいぼん》な顔だが、莫大《ばくだい》な時間とお金をかけて造作《ぞうさく》のすべてをみがきあげ、塗《ぬ》りあげている。

高級美容院《びよういん》で金色とレモン色に多色染《たしょくぞ》めした髪《かみ》。毎週エステにかよってピカピカになった肌《はだ》。高級服地《ふくじ》できっちりと仕立てられた服。ブルックリンが目指しているのは十代のセレブ。たっぷりとお金のかかったセレブだ。

敵意《てきい》がむきだしになったブルックリンに、面と向かって口を開く気にはなれない。かといって、恐《おそ》れをなして逃《に》げだす気にもなれない。わたしはただ、ブルックリンの顔を見つめ返していた。

すると、ブルックリンは、美しくマニキュアをした人さし指で、わたしの胸《むね》の真ん中をおもむろについた。

「おーや、ダンス会場設置《せっち》委員会に手を貸《か》すひまもない、お偉《えら》いさんじゃないの。こうなったからには、あのこと秘密《ひみつ》にしてもらおうったって、無理だよ」こういって、ブルックリンはもう一度、ズンとわたしの胸《むね》をついた。

「あのことって、何よ？」気持ちとは裏腹《うらはら》に、わたしは大胆《だいたん》に聞いた。

わたしが辛気《しんき》くさい仕事を拒否《きょひ》した腹《はら》いせに、ショシャーナが、ブルックリンに古いゴシップを持ちだす許可《きょか》をあたえたらしい。そこまでわかっていたのに、つぎにブルックリンの口からでたことばは、わたしにはまさに不意《ふい》打《う》ちだった。

「ふん、わかってるくせに。あんたの母親のことさ」

その母親ということばを、ブルックリンは、いかにも醜《みにく》い、きたないもののように発音《はつおん》した。まるで、できものか何かみたいに。

まゆひとつ動かさなかったつもりだが、わたしの心臓《しんぞう》は激《はげ》しく打ち始めた。母さんについて、どこまで知られてるんだろう？

ブルックリンは大いばりでつづけた。

「あんたの家で起こったことを、ほんのいくつか聞いたのさ。だから、ちょっと調べてみたんだけどね。あんたの母親は、現代版《げんだいばん》の魔女《まじょ》だそうじゃないか。まじないを唱《とな》えたり、呪《のろ》いをかけたり、そんなことしてんだって？　そうなんだろ？　キャット。ターバンなんか巻《ま》いちゃって、近所の人から五ドルとって、水晶玉《すいしょうだま》かなんかのぞいてんだろ？　人形に呪《のろ》いをかけたり、ほれ薬《ぐすり》作ったりしてさ。あー、かわいそ！　そんな怪《あや》しい母親持って」

自分でも、顔が真っ赤になっているのがわかる。熱い涙《なみだ》がみるみるあふれてきた。ブルックリンの顔があまりにも卑劣《ひれつ》で醜悪《しゅうあく》なので、わたしは吐《は》き気がしてきた。いいかえしてやりたかった。そんな意地の悪い勝手《かって》なことをいいたい放題《ほうだい》いってるあなたの顔こそ、みっともなくひん曲がってて、まるでガマガエルを飲みこもうとしてるみたいよ！って。

それとも、ブルックリンなんかまったく無視《むし》して、何もなかったみたいに歩き去ってやりたかった。あるいは、大声で笑って、せいぜいがんばって！　とでもいってやりたかった。

でも、現実《げんじつ》のわたしは、全身が麻痺《まひ》したように動けなくなっていた。本の入ったバッグをしっかり抱《だ》いて、ブルックリンの足もとをじっと見つめ、どうか、こっちが泣きだしてしまう前に、早くブルックリンが悪口にけりをつけてどっか行きますように、と祈《いの》っていた。

おおぜいの足音がして、ガヤガヤと笑い声が聞こえてきた。聞き慣《な》れたショシャーナ取り巻《ま》き軍団《ぐんだん》の声だ。わたしのほうへ近づくにつれ、彼女《かのじょ》たちの足音がゆっくりになる。

軍団《ぐんだん》の真ん中にショシャーナがいた。ところが、いつもとちがって、なんとなくためらっているようすなのだ。確《たし》かに、わたしの家で起こったことをブルックリンに話したのはショシャーナにちがいないが、いっしょになってわたしをこきおろし始めるかと思ったのに、なぜかそうしない。

「あれ？　ショシャーナ、どうしたのオ？　ねえ、気分悪いのオ？」ブルックリンのわざとらしい猫《ねこ》なで声が、廊下《ろうか》にひびきわたる。

取り巻《ま》き軍団《ぐんだん》は、意味もなく笑いながら、今からおもしろい見世物《みせもの》が始まるのを期待している。だが、ショシャーナは何もいわず歩き去った。ブルックリンがとまどった顔をして、急いであとを追う。

わたしの横を通りざまに、ブルックリンが吐《は》き捨《す》てるようにいった。

「怪《あや》しいやつ」

わたしは初めて思った。ブルックリンのいうこと、当たってるかも。

6　卒業アルバム

　ブルックリンの攻撃《こうげき》を受けたあと、行くところがあるのはうれしかった。気をまぎらすことができる。

　わたしは約束どおり、図書館でジャックと落ち合った。今の気持ちをジャックにぶちまけることができたら、どんなにいいだろう。でも、それには、ブルックリンがいったことの意味を説明しなければならない。

　わたしにはまだ、「亡霊《ぼうれい》のうようよしている家で、ショシャーナが体験した怪奇《かいき》現象《げんしょう》の全容《ぜんよう》」をジャックに話す決心がついていなかった。そこで、わたしは、ジャックといっしょにふざけては笑った。

ジャックはふたりのために、図書館の一番奥《おく》のテーブルを確保《かくほ》しておいてくれた。地元の歴史《れきし》関係の参考文献《さんこうぶんけん》が並《なら》んだ書架《しょか》に囲まれて、司書からもほかの生徒からも見えない一角《いっかく》だ。

もちろん、わたしたちは生物学の勉強をする計画だった。でも、カフェテリア以外でふたりが会うのは、これが初めてなのだ。わたしたちは勉強そっちのけで、浮《う》かれさわいだ。

ジャックはショシャーナの真似《まね》をしてみせた。怖《こわ》いほど似《に》ている。架空《かくう》の紙ばさみを胸《むね》に、わたしのほうへ迫《せま》ってくる歩きかた。その紙ばさみを指でトントンとたたきながら、髪《かみ》の毛をサッと後ろにふりあげるしぐさ。わたしはその正確《せいかく》さにおどろきながら、涙《なみだ》がでるほど笑った。

そのときだ。ドサッと、何かの落ちる音。ふざけていたジャックが、あたりを見まわした。

「なんだろう？　今の」

緑色の表紙の分厚《ぶあつ》い本が、床《ゆか》に転《ころ》がっている。そばの書架《しょか》の一番上の段《だん》から落ちたようだ。

偶然《ぐうぜん》に決まってる、とわたしは自分にいいきかせた。書架《しょか》に無造作《むぞうさ》に差しこまれていた本が、何かの拍子《ひょうし》に押《お》しだされただけよ。まちがっても、チキンの空中遊泳《ゆうえい》や、そんな怪奇現象《かいきげんしょう》とは関係ないはず。本は、単に、たまたま落ちた。これは断《だん》じて、亡霊《ぼうれい》からのメッセージなんかじゃない。わたしは何度もそういって、自分を納得《なっとく》させた。

「落ちたんでしょ、何か」

わたしは開いていた生物学の教科書を興味深《きょうみぶか》そうにながめ、せっせとページをめくった。

「落ちたのは、あの本よ」と、ジャックが床《ゆか》の緑色の本を指さす。

「かもね」わたしは細胞分裂《さいぼうぶんれつ》のページから顔をあげなかった。

ジャックは緑色の本を拾いあげ、わたしの目の前にポンとおいた。

「『かもね』はないでしょう？　確《たし》かに、この本なんだから。これが、あの本棚《ほんだな》から床《ゆか》の上に落ちてきたのよ。でも、不思議じゃない？」

「だったら、わたしがもとにもどすわ」

わたしは立ちあがって、背表紙《せびょうし》も見ずに、緑色の本を書架《しょか》の空《あ》いているところに押《お》しこんだ。

テーブルにもどると、ジャックが足を組んですわったまま、だまってわたしを見ている。その緑色の目が何を訴《うった》えているのか、わたしには読めない。

わたしは急に、責《せ》められているような気がして、身構《みがま》えた。

「なんなの？」

「わたしたち、友だちだよね？」とジャックが聞く。

わたしの防衛態勢《ぼうえいたいせい》は、たちまちヘナヘナとくずれた。

「もちろんよ！」

「正真正銘《しょうしんしょうめい》の友だちよね。ショシャーナと取り巻《ま》き軍団《ぐんだん》との関係なんかじゃなくて。だよね？」と、ジャックが念《ねん》をおす。

「そうよ、そんなんじゃないわ。本物の友だちよ。正真正銘《しょうしんしょうめい》の」

「そうだよね」ジャックは、生物学の教科書の表紙に目を落としたまま、しゃべり始めた。

「ていうのは、ずっと、感じてたんだけど、もし、わたしがあなたに、何か、話さなくちゃならない、ていうか、話したいことがあって、つまり、それは、わたし自身についてのことだとして、それを話したとしても、あなたなら信用できる。ていうか、そうやっても、わたしたち、友だちでいられるんじゃないかって、そう感じてるんだけど」

もちろん、わたしはすぐに思った。ジャックがどんな秘密《ひみつ》を打ち明けようと、友だち関係を解消《かいしょう》したりするものかと。それに、ジャックだって同じように思ってくれているかもしれないではないか。

それにしても、わたしほど珍《めずら》しい秘密《ひみつ》を持ってる子がいるだろうか？

「それって、わたしのチェロのことなんだ。ほら、わたしが前にいったチェロの先生。その人のレッスン受けるために、わたしたち、引《ひ》っ越《こ》してきたんだけど」ジャックは、そういいながら、教科書の表紙の文字を、青いボールペンでひとつひとつ塗《ぬ》りつぶしている。

「うん、それで？」わたしはジャックをやさしくうながした。

だが、ジャックが何をいおうとしたのかは、結局わからずじまいとなった。

というのは、ジャックが口を開けた瞬間《しゅんかん》、ふたたびドサッという音がしたのだ。

わたしにはもう、床《ゆか》を見なくてもわかっていた。あの緑色の本が床《ゆか》に落ちたのだ。

もっと正確《せいかく》にいえば、その本が、わたしの足もとに、身を投げだしたのだ。

やれやれ、亡霊《ぼうれい》はときとして、しつこい。

「うわっ。その本、……それ、たった今、落っこちた本だよね？」

いくらわたしでも、もう知らないふりはできない。知らないふりをしてもだまされるほど、ジャックはバカじゃないし、それがわからぬほどわたしもバカじゃない。

わたしはだまってうなずいた。

ジャックが、穴《あな》の開くほどその本を見つめていった。

「これって、わたしだけの錯覚《さっかく》？　それとも、やっぱり怪《あや》しいこと？　だれにとっても」

わたしはため息をついた。

まただ。ショシャーナとのあの場面を、結局、ここでも再現《さいげん》することになるのか。

「あなたの錯覚《さっかく》じゃないわ。これって、正真正銘《しょうしんしょうめい》、怪《あや》しいことよ」

その後につづいた沈黙《ちんもく》は、深い深い谷のようだった。わたしはその谷底から空を見上げながら、どうやってはいあがろうかと思案《しあん》していた。

「ジャック、こういうことなの。わたしのまわりにはね、ときどき怪《あや》しいことが起こるの。わたしって、…その、…なんていうか、そんなことを引きつけちゃうみたいなのよね」

ひょっとしたら、この話は、ここでおしまいにすることができるかもしれない、とわたしはひそかに期待した。

だが、ジャックは、緑色の本からわたしに顔をうつし、慎重《しんちょう》にいった。

「なるほど。それで、あなたはどうするの？」

「どうするのって？」

「そんな怪《あや》しいことが起こったときよ。その本を、またもとにもどせばいいの？」

そのとき、ほんの三センチくらい、その本がわたしのほうに動いた。ピョコッと。

ジャックも見たはずだ。でも、ジャックは何もいわず、さわぎもしなかった。

わたしはいった。

「そうねえ、まずやるべきことは、その本を見ることかしら。きっと、さびしいんじゃないかな。たぶん、読んでほしいなって思ってるとか」

ジャックが笑った。わたしの心は、ちょっぴり軽くなった。

わたしは本を拾いあげると、自分の前においた。ジャックがいっしょに見ようと、イスをわたしのほうに引きよせた。

本の表紙には、学校の校章《こうしょう》が書かれている。この学校の卒業アルバムだ。

ジャックが、色あせた浮《う》き彫《ぼ》りの文字を指でなぞった。

「一九六〇年だって」

「一九六〇年かあ。ずいぶん古いアルバムね」

わたしは本を開いて、ページをめくっていった。初めのほうは、卒業生のひとりひとりの白黒の顔写真だ。

「見て、この髪《かみ》！」ジャックが写真のひとつを指さしてさけんだ。「髪《かみ》の先っちょを、こんなにクルンとはねあげちゃって。このカールの中に、鉛筆《えんぴつ》が何本もしまえるよ！」

「ちょっと、このめがね！」とわたしも写真を指さした。「こんな猫目《ねこめ》のめがね、ほんとにかけてたんだ！　まるでマンガの世界じゃない？」

「あ、この子もかけてるよ！」とジャックが笑った。「ねえ、将来《しょうらい》、後輩《こうはい》たちも、わたしたちのヘアースタイルなんか見て、マンガみたいって笑うのかな？」

「まさか」わたしはページをめくった。「こんな変なファッションは、五〇年代と六〇年代の時代全体がおかしかったせいよ。それと七〇年代、それから、八〇年代の初めまでよ。わたしたちは正常《せいじょう》だわ」

「そうね、男の子がダボダボのズボンはいて、パンツだして歩いてるのを別にすればね。この当時の男の子って、みんな軍隊《ぐんたい》の士官候補生《しかんこうほせい》みたい。だって、みんな同じような角刈《かくが》りなんだもん。それに、この男の子、カーディガンなんか着ちゃってる」

わたしは髪《かみ》をかきあげようとして、本から手をはずした。

すると、かたい背表紙《せびょうし》のせいか、ページがどっさりめくれて、終わりのほうのページになってしまった。

「あ、どのページかわからなくなる。さっきのはねた髪《かみ》の子、もう一回見たいのに」

とジャックがいった。

「どのページにだって、そんな髪《かみ》の子、いるじゃないの」

「それに、スズメバチの巣《す》みたいな頭もね」と、ジャックはまたページを逆《ぎゃく》にめくっている。「いったい、このころの子、何考えてたんだろうね。毎朝、猫目《ねこめ》のめがねかけて、蜂《はち》の巣頭《す》をととのえながら、『わたしって、かわいい!』なんて思ってたのかな?」

「たぶん、母親も共犯《きょうはん》だったんじゃない?」とわたしも笑った。

ジャックが、鼻声でおどける。

「あーら、ノーマ・ジーンちゃん、あなたのおめがねは、どこなの？　あのおめがねをかけると、あなた、とってもすてきに見えてよ。ぜーったい、あのおめがねかけなきゃ」

「それに、カールは少なくとも十センチはなきゃね、ノーマ・ジーン。そうでなくちゃ、ちゃ、ちゃんとした男の子がデートに誘《さそ》ってくれませんことよ」と、わたしも同じ鼻声でつづけた。

たいしておもしろくもない冗談《じょうだん》だったのに、ジャックとわたしは、涙《なみだ》を流して大笑いした。

その涙《なみだ》をぬぐっているとき、ページがまためくれだした。

大笑いしていたジャックが、突然《とつぜん》、静かになった。

本は、別のページを開こうとしていた。今度はだれが見ても、かたい背表紙《せびょうし》のせいだとはいえない。なぜなら、ページは一度に一枚《まい》ずつ、ペラリペラリと、ひとりでにめくれているからだ。

確《たし》かに、これは非常《ひじょう》に気味《きみ》の悪い光景だ。「不思議の国のアリス」のトランプじゃあるまいし。

「これも、あなたのまわりにときどき起きる、怪《あや》しいこと？」とジャックがささやいた。

わたしはうなずいた。そして、心の中で一生懸命《いっしょうけんめい》、ページがこの不気味《ぶきみ》なふるまいを早くやめてくれますようにと願っていた。

そのとき、ページがとまった。

わたしたちの目の前で、本は、きちんと開いてじっとしている。

本は、突然《とつぜん》、ごくふつうの図書館の本になって、ひとりで棚《たな》から落ちたり、タップダンスをしたり、ページをめくったことなんてありません！　という顔をしている。

「もう、終わったの？」ジャックがあいかわらず、ひそひそ声で聞いた。

「らしいわ」

わたしの目は、開いた本の右ページに引きつけられた。一心《いっしん》に見つめすぎて、目の焦点《しょうてん》が合わない。悪夢《あくむ》から目覚《めざ》めようとでもするように、わたしはあせって焦点《しょうてん》を合わせた。

全ページに、フルートを手にしたひとりの少女の写真がのっている。少女の服は明らかに時代遅《おく》れのものだったが、わたしとジャックが今まで笑っていた当時のファッションとは異《こと》なっていた。金髪《きんぱつ》らしい白っぽい髪《かみ》を太い二本のおさげにして垂《た》らしている。めがねはかけていない。

体のどこもかしこも、やせて角ばっている。指は骨《ほね》みたいに細く、手首は折れそうにかぼそい。首も細くて長い。顔もげっそりとやせていて、異常《いじょう》に大きくて深みのある目が、この顔全体にそぐわないように思える。

古い白黒写真なので、きめがあらく不鮮明《ふせんめい》だったが、少女の顔色は、ひどく青白いようだ。両目の下には、うすいくまができている。少女はくちびるの下にフルートをかまえていて、実際《じっさい》に演奏《えんそう》しているか、そのポーズをしているかのどちらかだ。目はやや左のほうを向いて、真剣《しんけん》な表情《ひょうじょう》だ。

カーディガンは、首もとまできちんとボタンがかけられている。足首までの長いスカートは、その当時よりさらに流行遅《おく》れのものらしい。スカートの生地《きじ》もカーディガンも、おさがりの服のようにくたびれている。カーディガンの両ひじは、すりきれてほとんどぬけそうだ。白黒だからわからないが、カーディガンもスカートも、ねずみ色ではないかという気がする。

「追悼《ついとう》」と、ジャックがその写真にそえられたことばを読んだ。

「追悼《ついとう》。スザンナ・ベニス—一九四三年から一九六〇年—を惜《お》しんで」なにげなくジャックにつづいて読んだわたしは、自分の声を聞いて初めてわれにかえった。

「えーっ、この子、死んだの？」ジャックも、あらためておどろきの声をあげた。

この写真の説明によれば、たった十七歳《さい》でスザンナは亡《な》くなっている。

「きっと、卒業前にここで亡《な》くなったのよ。当時は、高校までこの校舎《こうしゃ》だったらしいから。たぶん、高二か高三のときね」

「どうして亡《な》くなったのかは、書いてないね。なんでだろう。重要なことだと思うけどな」

ジャックがそのことをなぜ重要だと思うのか、よくわからなかったが、わたしも、つかれたようすのこの美少女が、どうして亡《な》くなったのか知りたかった。なぜか、その子が亡《な》くなるときのことを考えると、どうしようもなくさびしい気持ちになった。

そのとき、ジャックの方から、ため息とも子猫《こねこ》の鳴き声ともつかぬ小さな変な声が聞こえた。泣いているのかと思って目をやると、そうではない。ただ、とても熱心にそのページを観察している。本の上にかぶさるようにしてスザンナの輪郭《りんかく》を指でなぞっているようすは、まるで顕微鏡《けんびきょう》でものぞいている科学者みたいだ。

見のがしたものが何かあったのかもしれないと、わたしものぞきこんだとき、ハッと気がついた。

ジャックの後ろに、だれかが立っている。

いや、正確《せいかく》にいえば、いるとすぐにわかるほど、はっきりとはしていない。そこにだれかがいると思って、まばたきすると、もういない。そして、またまばたきすると、いるのだ。

わたしはジャックの顔に目をすえたまま、そちらを見ないようにした。ジャックはまだ本をのぞきこんでいる。わたしは断固《だんこ》として、ジャックの背後《はいご》には目をやらなかった。

だが、そのまわりの空気は、電気を帯《お》びているみたいにブンブンうなっている。目をやらなくても、いくつかのものがわたしの視界《しかい》に入ってきた。ひとつは、長いスカート。もうひとつは、二本の太いおさげ。ジャックの頭のすぐ上に垂《た》れさがっている。

そこにだれがいるのかは、もう明らかだ。スザンナ・ベニス。五十年前に死んでいるはずのスザンナが、両手をかたくにぎりしめ、ジャックの後ろに直立不動の姿《し》勢《せい》で立っているのだ。

さっき、わたしたちが生徒たちの写真を見ていたときもそこにいて、いっしょに写真をのぞいていたのだろうか。スザンナは写真の中と同じ服を着て、写真のように動かなかった。

わたしは思わず目をつむった。気分も悪くなってきた。

町の通りで亡霊《ぼうれい》を見るのさえ、どうしたらいいのかわからないでいるのに、学校で？　図書館で？　これじゃ、カフェテリアの追放者席《ついほうしゃせき》への特急券《とっきゅうけん》か、スクールカウンセラーからの招待状《しょうたいじょう》を手にいれたようなものだ。

そのうち、スクールバスの中でまで亡霊《ぼうれい》を見るようになったら、どうしよう？　ホームルーム中に亡霊《ぼうれい》が出てきたら？

どんどんそうなっていったら、いったいどうすればいいのだろう？　考える時間がほしい。もうちょっと時間が。

わたしはささやいた。

「ちょっと待って。お願い、今は待って。今は、こまるの……」

ジャックが、本から顔をあげた。

「え？　何を待つの？　ちょっとキャット、あなた、だいじょうぶ？」

ヨガやってるわけじゃなし、いつまでも目をつむってすわりつづけるわけにもいかない。わたしはうす目を開けて、横目でジャックを見た。

「ねえ、だいじょうぶ？」とジャックが聞く。

とてもだいじょうぶとはいえなかったが、うす目を開けて見るかぎり、ジャックの後ろにおさげは見えない。

わたしは、ゆっくりと目を開け、思わずホッと息をついた。

スザンナ・ベニスはいなくなっていた。単に消えたのか、それとも、わたしの願いを聞きいれて去ってくれたのか、とにかく、スザンナはすっかり消え去っていた。

「ありがとう、もうだいじょうぶ」

「ほんとに？」そういいながら、ジャックは鳥肌《とりはだ》の立った腕《うで》をせっせとさすっている。

「ええ、ほんと」

「絶対《ぜったい》？」

わたしは大きく息を吐《は》いていった。

「ええ、ジャック、もうすっかりだいじょうぶよ」

「よかった。じゃあ、わたしも準備《じゅんび》オーケー」

「なんの準備《じゅんび》？」

ジャックは、両手で緑色の本をわたしのほうへ押《お》しやった。

「今、ここで何が起こってたのか、あなたから聞く準備《じゅんび》ができてるってこと」

7 亡霊《ぼうれい》

もう逃《に》げられない。ジャックに友だちでいてほしかったら、正直に話さなければ。今、起こった怪《あや》しいことだけじゃなく、母さんが霊媒師《れいばいし》だということ、わたしも霊《れい》が見えること、うちには霊《れい》がうろうろしていて、ときどきシャツの袖《そで》をひっぱったりすること、そんなこと全部だ。

真実を知ってもなお、ジャックがわたしと平気《へいき》でつきあうのかどうかは、ジャックの問題。わたしにはどうすることもできない。

「いいわ。あなたに話すわ。でも、ここじゃだめ。母さんが、勉強が終わったら、あなたをうちに連れてきてもいいっていったの。ね、行きましょ」

「もちろん、行く！　これでマックスに会えるわけよね。犬飼《か》ってるのはあなたなのに、わたしがこんなに興奮《こうふん》してるなんて、ほんと、バカみたい。ねえ、マックスは、赤いバンダナなんか首に巻《ま》いたりするかな？」

本やペンをカバンにしまいながら、わたしは笑ってしまった。

「そうねえ、無理やり巻《ま》いちゃえば、がまんしてくれるかもよ」

「ここに越《こ》してくる前、わたしの部屋、公園に向いてたんだよね。その公園には、いろいろな人が、いろんな犬、連れてきたの。中でも、一番かしこくって一番きれいだったのが、ボーダーコリー。その犬、毎日やってきて、飼《か》い主《ぬし》とフリスビーするんだよ。その犬のかっこよさったら、もう信じられないくらい！　その犬がね、首に赤いバンダナ巻《ま》いてたの。わたし、その飼《か》い主《ぬし》の男の人がうらやましくてたまらなかった。そのほかにも、毎日ビーグル犬を三匹《びき》も連れてくる女の人がいたの。三匹《びき》もよ！　わたしだったら、一匹《ぴき》で、しかも、うんとちっちゃいのだって満足するのになあ。でもね、犬を飼《か》いたいっていうの、もうずっと昔にあきらめたんだ。うちの母って、犬を飼《か》うことを、なんていうか、自分への嫌《いや》がらせみたいにとっちゃうの。たとえば、丸坊主《まるぼうず》になれ、みたいにね。それで、母にはっきりいわれたんだ。もう二度と、家に犬をいれることはできないって」

「なぜ?」

「犬アレルギーだって。でも、ほんとはアレルギーというより、母の性格《せいかく》ね。とにかく母は、床《ゆか》に犬の毛が一本落ちてても、がまんできない性分《しょうぶん》だから」

ジャックが、うちのマックスに赤いバンダナを巻《ま》こうとはりきっているのは、見ていてほほえましいし、わたしもうれしい。でも、同時に、なんだかジャックがかわいそうになる。

聞いたかぎり、ジャックの母親は、あまりおもしろみのある人じゃなさそうだ。

「ジャック、マックスはふたりの犬にしよう! わたしたちふたりが飼《か》い主《ぬし》よ。さあ、早く行こう。マックスが待ってるわ」

わたしたちは図書館の廊下《ろうか》を、駐車場側《ちゅうしゃじょうがわ》の出口へと歩いていった。ジャックは、例によって棺桶《かんおけ》を引きずって。わたしたちがほとんど出口から出ようとしたとき、聞き慣《な》れた不快《ふかい》な声が、わたしを呼《よ》んだ。

「キャット！　もうお勉強はすんだ？　だったら遠慮《えんりょ》なく、飾《かざ》りを切りぬいてくれたら、最高なんだけど。わたし、きょうは早く帰んなきゃならないの。うちの家の……つまり、たいせつな用事なのよ」

わたしはしぶしぶふりかえった。ショシャーナが、廊下《ろうか》の一番向こうの端《はし》に立っている。

その後ろには、取り巻《ま》き軍団《ぐんだん》のひとりが立っていた。初めて見る少女だ。ショシャーナより二十センチくらい背《せ》が高い。

「ほんとに今は、全霊《ぜんれい》をかたむけて、やるときなのよ」と、ショシャーナがしつこく迫《せま》る。

「ほら、キャット、行くよ」と、ジャックが小声でうながした。

ところが、わたしは、その場に足がはりついたように動けない。ちょうど、夢《ゆめ》の中で悪者に追いかけられ、逃《に》げたいのに逃《に》げられない、そんな感じだ。

「お願い、キャットったら！」とショシャーナが呼《よ》んだ。

ショシャーナの口から「お願い」ということばを聞いたのは、初めてだ。おどろいているうちに、ショシャーナが廊下《ろうか》をこちらに歩いてくる。

後ろにいた少女の全身が現《あら》われた。背《せ》が高く、痛々《いたいた》しいほどやせている。すりきれたカーディガンとスカート。ゾッとするほど青白い顔が、白っぽい金髪《きんぱつ》の二本の太いおさげにふちどられて……。

そう。廊下《ろうか》の向こうの端《はし》からわたしを見つめているのは、スザンナ・ベニス。

わたしは直感《ちょっかん》した。スザンナは、わたしに何かを話そうとしている。わたしの助けをもとめている。

でも、いったいどうしてほしいっていうの？

わたしは思わず口走った。

「だめ！　わたし、まだ準備《じゅんび》できてないの！　今は、やめて！　もう少し時間をちょうだい！」

「え？　キャット、なんの時間のことよ？」と、ショシャーナが呼《よ》びかける。

やっと自由に足が動かせるようになったわたしは、ジャックの腕《うで》をつかみ、転《ころ》がるように外に出た。

スザンナ・ベニスが外まで追ってこないことは、なんとなくわかっていた。スザンナの領分《りょうぶん》は、学校か、またはその中の一部のはずだ。だが、歩道にでて、家に向かって急ぎ足で歩き始めても、わたしはまだふりむかなかった。

チェロを引きずりながら歩くジャックといっしょでは、たいして速くは歩けなかったが、そうするほか、スザンナから逃《のが》れる方法はないのだ。

「ああやってショシャーナを断《ことわ》るってのは、意外な方法だったね。ちょっとばかし変わった方法だったけど、おもしろかったよ」と、ジャックがわたしについて歩きながら、のんきにしゃべりだした。

ため息が出た。もうこれ以上遅《おく》らすことはできない。たぶん、歩きながらのほうが楽だろう。ジャックの緑色のひとみが恐怖《きょうふ》におののくのを見なくてすむから。

わたしはジャックに話し始めた。

「さっきはね、ショシャーナに話してたんじゃないの。わたしが話してた相手は、その……スザンナなの」

「スザンナって、どこの？」ジャックが軽く聞き返す。

「つまり……」

わたしは観念《かんねん》した。まっすぐ前を見て、だいじな用事でもあるようにサッサと歩きながら、ジャックにいった。

「つまり、こういうこと。わたし、亡霊《ぼうれい》が見えるの」

8 告白

「あなたには、亡霊《ぼうれい》が見える」とジャックはくりかえした。おしえてもらった住所でも確認《かくにん》するように。「あの『シックス・センス』っていう映画《えいが》みたいに？」

「そう。あの映画《えいが》の主人公の子どもみたいに。いや、わたしは、あそこまでは……、でも、母さんは、確《たし》かにそう。うちの母さんは霊媒師《れいばいし》なの」

「テレビの番組に出てくる人みたいな？」

やれやれ、ジャックはすべてのことを、今どきのテレビや映画《えいが》に結びつけないと安心しないらしい。でも、ジャックの理解《りかい》は、まあ当たっている。

「そうね、だいたいそんな感じ。わたし、自分のうちがふつうだと思って育ったから、母さんに起こるヘンテコな現象《げんしょう》にも、すっかり慣《な》れっこになっちゃってるのね。母親が霊媒師《れいばいし》だっていっても、たとえば、部屋の片《かた》づけに命かけてる母親もいれば、エアロビクスのインストラクターの母親だっているでしょ、まあ、そんな感じよ」「弁護士《べんごし》の母親もいるしね」と、ジャックは自分なりに話を助けた。

「そのとおり。うちの母さんはたまたま霊媒師《れいばいし》だった。それだけのことよ。でもね、ジャック、問題は、十三歳《さい》になったとたん、見えだしたってことなの、わたしにも！」

ジャックは、とうとう立ちどまった。そこで、わたしも立ちどまり、ジャックのほうをふりむいた。ジャックのそばには、例の棺桶《かんおけ》が、発育《はついく》のよすぎる妹みたいに並《なら》んで突《つ》っ立っている。

「つまり、ある日突然《とつぜん》、ジャーン！　て感じで、亡霊《ぼうれい》が見え始めたってわけ？」ジャックが、あからさまに、信じられない！　というようすでいった。

でも、わたしは、そんな態度《たいど》が気にいった。考えてみれば、今までだれにも打ち明けたことがなかったから、「ねえ、わたしの体験って、バカバカしいほど変わってるよねえ！」という気持ちに、共感してもらったこともなかったのだ。

「そのとおりよ。わたし、それにまだ慣《な》れてないの。さらに問題なのは、これって、コントロール不可能《ふかのう》なのよ。つけたり消したり、チャンネルかえたり、リモコンみたいにはできないの。亡霊《ぼうれい》が現《あら》われれば、『はい、そうですか』って感じ」

わたしたちは、また歩きだした。

「キャット、あなたのお母さんは、なんていってる？　それこそ、一番いいアドバイスしてくれるんじゃない？」

「そうね、わたしが打ち明ければね」

「えっ、まだ、いってないの？　お母さん、喜ぶとは思わない？　あなたにも亡霊《ぼうれい》が見えるって知ったら」

「そりゃ、喜ぶでしょうね、母さんは。でも、当のわたしは、うれしいことなのかどうか、わかんないの。母さんは、このことを一種の才能《さいのう》だと考えてる。わたしのほうは、どうしても重荷《おもに》に思っちゃう。とっても利己的《りこてき》に聞こえるかもしれないけどね」

「そんなことないよ。信じて、わたし、あなたの気持ち、百パーセントわかる」

「こんなこと話したの、あなたが初めてよ。わたしのこともだけど、母さんのこともね」

わたしは、今こう口にするまで、そのことに気づかなかった。思えば、自分の年齢《ねんれい》の子にはだれにも、母親が霊媒師《れいばいし》だということを打ち明けたことがない。

前の学校の子たちは、うちの母さんが、何か東洋趣味《しゅみ》の変わった人だということには気づいていた。でも、わたしは、母さんの仕事はむしろ、お香《こう》で気分をほぐしたり、タロットカードで占《うらな》いをしたり、体のエネルギーやオーラを読むような治療《ちりょう》的《てき》なものだと思わせていたのだ。

わたしは横目でジャックを見た。ジャックは、わたしから逃《に》げようと歩道をかけだしてはいなかった。ギョッとした顔でわたしを見つめてもいなかった。ジャックのようすは、ほとんどいつもと変わらなかった。ただ、何かを一生懸命《いっしょうけんめい》考え合わせているようすだ。

「そうか！　あなた、スザンナ・ベニスを、あそこで見たのか！」

なるほど、この子はのみこみがはやい。さらに重要なことに、これだけのことを聞きながら、おびえてもいない。これならもう、わたしの手のうちを全部見せられる。

「お察しのとおりよ」とわたしはこたえた。

「どこで？　どんなふうに出てきた？　どんなようすだった？　わたしに全部話して！」

「いいわ。最初にスザンナを見たのは、図書館の中よ。わたしたちが彼女《かのじょ》の写真を見ていたとき。スザンナは……」

わたしは、とっさに考えた。今までのところ、ジャックはなかなか落ち着いてしっかり話を聞いている。それなのに、わざわざ、スザンナの亡霊《ぼうれい》がジャックの真後ろにいて、青白い手がジャックの首にさわりそうに近かったと正直に話して怖《こわ》がらせる必要があるだろうか？　むしろ、その情報《じょうほう》はあとで正確《せいかく》に伝えるとして、今ここでは、少々《しょうしょう》マイルドに話すほうがいい。

「……スザンナはね、卒業アルバムのあった本棚《ほんだな》の近くにいたの。ただ、身動きもせず、手を前において、じっと立って。とってもやせてたわ。でも、ものすごく背《せ》が高いの。十七歳《さい》だったとしても、ふつうの高校生より二十センチくらいは高く見えたわ。目の下にはくまがあって、あまり眠《ねむ》っていないような顔だった」

「それで、どうなった？」

「なんにも。わたしが、スザンナがいるのに気づいたとたん、すぐに消えたの。でも、わたしたちが帰ろうとして廊下《ろうか》にいたでしょ。そのとき、もう一度スザンナが現《あら》われたのよ。ショシャーナのすぐ後ろに」

「スザンナ・ベニスが、ショシャーナの後ろに、立ってたの？」ジャックが、目を丸くして聞いた。

わたしはうなずいた。

そのとたん、「ブハッ！」という爆発音《ばくはつおん》とともにジャックが吹《ふ》きだした。わたしはびっくりして、思わず一歩さがった。でも、この音は前奏曲《ぜんそうきょく》にすぎなかった。ジャックは、それから、ものすごい大声で、それこそ狂《くる》ったように笑った。小さな足で地面を踏《ふ》み鳴らしながら。

「考えてもみてよ……、もし……、もし、ショシャーナがさ……熱烈《ねつれつ》なる取り巻《ま》きのひとりを、墓場《はかば》から迎《むか》えていたと知ったら……」

わたしも笑いだした。ジャックは、わたしの想像《そうぞう》をはるかにこえて、冷静だ。この子なら、安心して家にいれられる。

ジャックの大笑いが、ようやくクスクス笑いとしゃっくりとにおさまってから、わたしは通りを指さした。

「ほら、あれがわたしの家よ」

「うれしい！　いよいよマックスに会える！」ジャックはそういって、棺桶《かんおけ》をグッとにぎりなおした。

ジャックはわたしの先に立って、家に向かって歩きだした。起伏《きふく》のある歩道を、でっかいチェロを引きずって歩く姿《すがた》を見ながら、わたしの胸《むね》は、ジャックに対する親愛の気持ちでいっぱいになった。

今、わたしは初めて、家に友だちを連れてきているのだ。しかも、家でどんな怪《かい》奇現象《きげんしょう》が起ころうと、なんの心配もしなくていい。だって、ジャックは、霊《れい》が見えるとわたしが打ち明けたとき、ごくふつうのことのように受けとめた。まるで、「じつは今度の週末、タンゴのレッスン受けるの」と打ち明けられたみたいに。

わたしは玄関《げんかん》でジャックに追いつくと、ドアを開けた。マックスはすぐ目の前にいた。上品で力強いマックスは、ちぎれるほどしっぽをふって、わたしたちの到着《とうちゃく》を一生懸命《いっしょうけんめい》喜んでいる。

ジャックは、すぐにその場にすわりこんで、マックスと顔を合わせた。マックスはジャックの顔をクンクンかいでいたが、ジャックがマックスの首を抱《だ》いてぐいぐい顔を押《お》しつけても、あいかわらずしっぽをふりつづけている。

「なんてハンサムなの！　映画《えいが》スターみたい」

確《たし》かに、マックスはハンサムな犬だ。そのうえ、がまん強い。ジャックとわたしが、なでたりさすったりしながら堂々とした体をほめちぎっているあいだ中、マックスは忍耐《にんたい》強くじっとしていた。それからようやく、廊下《ろうか》をトコトコ歩いて居間《いま》に入っていった。

わたしはジャックを手伝って、チェロを壁《かべ》に立てかけた。突《つ》き当たりの部屋のドアは閉《し》まっている。母さんはたぶん、霊《れい》の呼《よ》びだしちゅうだ。わたしはジャックの腕《うで》をとって、居間《いま》に案内した。

窓辺《まどべ》のクッションにマックスが寝《ね》そべっている。ジャックはたちまち、自分の家のようにくつろいだ。くたびれたソファーにドサッと身を投げると、色あせたクッションを胸《むね》に抱《だ》いた。

「いいなあ、ここ。すっごく安らぐ。うちの母なんか、父さえ許《ゆる》せば、ソファーをビニールシートでおおいかねないんだから」

わたしもジャックのそばに腰《こし》をおろした。外から、雷《かみなり》の音と、舗道《ほどう》を激《はげ》しくたたく雨の音が聞こえてくる。

「わたしたち、ちょうどいいタイミングで帰ってきたわね」とわたしはいった。この家の中のどこもかしこも、いつにもまして居心地《いごこち》よく感じられる。

「スザンナがショシャーナの後ろにいたってのが、どうしても頭から離《はな》れないよ」

ジャックは頭をふりながらそういったあと、急に立ちあがった。「ちょっと、あのクッキー、わたしたちに？」

わたしは、母さんがおいといてくれたクッキーの皿をジャックに渡《わた》した。外で、また雷《かみなり》がとどろいた。ジャックは、サッとショウガ入りクッキーを取りあげた。

「ねえ、つぎは何が起こるんだろう？」ジャックは手にしたショウガ入りクッキーを、あらゆる角度からながめたあと、ようやくひと口かじった。

「スザンナ・ベニスのこと？」

ジャックがクッキーをほおばったまま、うなずいた。

「ジャック、正直いって、わたしにはわからないの。スザンナがわたしに何かしてほしがってることは、確《たし》かよ。わたしの注意を引こうとしてるんだもの。ところが、わたしのほうはまだ覚悟《かくご》ができてなくって、どうすればいいのかわからないの」

ジャックはうなずきながら、半分かじった自分のクッキーを、また調べるようにじっと見つめていたが、急にニヤッといたずらっぽく笑った。

「でも、少なくとも、今度ショシャーナが『全霊《ぜんれい》をかたむけてやるとき』なんていったときはさ、いってやれるね、『霊《れい》なら、ひとり、手伝いたがってるのがいるよ』って」ジャックはそういうなり、また笑いころげた。

わたしもいっしょになって、おなかをよじって笑った。窓《まど》の外の滝《たき》のような雨を見やりながら、わたしは幸せだった。

スザンナ・ベニスのことなんて、今はぜんぜん気にならない。部屋のすみでマックスが小さないびきを立て、わたしは友だちと笑っている。その友だちは、わたしの怪《あや》しい秘密《ひみつ》を全部知っても、ちっとも気味《きみ》悪がらないどころか、おもしろがってさえいるのだ。

だが、その夜遅《おそ》くベッドに入って、わたしはハッと思いだした。

そういえば図書館で、ジャックは自分自身の秘密《ひみつ》を打ち明けようとしていた。でも、それっきり、ジャックはそのことをしゃべるチャンスをのがしている。

9 歴史《れきし》博物館

つぎの日、学校は休みだった。

何より、あのスザンナ・ベニスの亡霊《ぼうれい》と会わなくてすむのでホッとする。それでも、このことが今後どう進むのか、わたしはどうしたらいいのかを考えると、なんとも落ち着かない気分になる。

死んでしまった人間と、いったいどうやって会話を始められるんだろう？

この休日に、ジャックがわたしと町の歴史《れきし》博物館に行きたがっていることを話すと、母さんは、ぜひ行ってくるようすすめた。

メドフォードの町には、一八五〇年代、新天地《しんてんち》をもとめて西部《せいぶ》へ旅立った小さな開拓団《かいたくだん》があった。その一団《いちだん》は地元ではとても有名で、英雄扱《えいゆうあつか》いされている。博物館は、先史時代《せんしじだい》からの人々《ひとびと》の生活史を順に展示《てんじ》しているが、やはり、その開拓団《かいたくだん》のことは盛大《せいだい》に展示《てんじ》されているという。

わたしの見たところ、ジャックの関心は、音楽以外、ほとんどが現代《げんだい》の大衆文化《たいしゅうぶんか》にかぎられているようだが、なぜか「大草原の小さな家」的なものには弱いらしい。何日も前からしつこく誘《さそ》うので、とうとうわたしが折れたのだ。

午前中、わたしたちはバス停で待ちあわせた。ジャックは、空色のボタンダウンのシャツに、幅《はば》の広いベージュのコーデュロイのズボン、有名なスポーツ用品メーカーの厚底《あつぞこ》サンダルをはいてきた。イチゴの模様《もよう》を散らした光沢《こうたく》のある緑色の上品なレインコートを腕《うで》にかけている。

親友が、こんな金持ち向け通信販売《はんばい》のカタログから転《ころ》がりでたようなかっこうをしているのを見て、わたしは一瞬《いっしゅん》、まいったな！　と思った。

でも、考えてみれば、ジャックは、わたしの怪《あや》しい服装《ふくそう》も、わたしにまとわりつく亡霊《ぼうれい》も、気にしないでつきあってくれているのだ。わたしだって、この友人の少女版《ばん》ヒラリー・クリントンみたいなかっこうを快《こころよ》く受けいれることにしよう。

きょうのジャックはめずらしく、例の棺桶《かんおけ》から解放《かいほう》されていた。あのでかい相棒《あいぼう》のいないジャックは、いつもよりいっそう小さく、かよわく見える。でも、顔は生き生きと輝《かがや》き、わたしを見つけるとうれしそうに笑った。

「ああ、やっときた！　待ってたんだよ。きょうはうんと楽しもうね。ひょっとしたら、バターの作りかたなんて、おしえてくれるかもしれないじゃない?!」

わたしは大はしゃぎのジャックと軽く抱《だ》き合いながら、考えこんでしまった。ジャックのふだんの生活は、そうとう退屈《たいくつ》なものにちがいない。このはしゃぎようは、まるで、カリスマパンクロックグループのコンサートチケットと、楽屋《がくや》に入る許可《きょか》の両方を手にいれたファン並《な》みの興奮《こうふん》ではないか。

でも、じつはわたしも胸《むね》がはずんでいた。地元の歴史再発見《れきしさいはっけん》なんていう趣味《しゅみ》はないが、親友のジャックといっしょに、とにかくきょうは、学校やショシャーナとは無関係のことができるのだから。

学校からもチェロからも離《はな》れたジャックは、いつもよりずっとおしゃべりで、それにひょうきんだ。わたしはそこが気にいった。

「それでさ、キャット。おばは、こんな便《たよ》りをうちの両親によこしたの。来月はずっとバリ島で、ヨガの集中療法《しゅうちゅうりょうほう》をロドニー・イーと……」

「だれ？　そのロドニー・イーって。何者？」

博物館に向かうバスの中で、わたしたちはおしゃべりに花を咲《さ》かせた。

「ロドニーは、映画《えいが》スターなんかの客をとってるムキムキマンのヨガ教師《きょうし》。確《たし》か、スーパーモデルのシンディ・クロフォードもおしえたんじゃないかな。とにかく、父がいったんだよ。おばは、ほんとうはバリ島になんか行かないんだって。こっそり、つま先をけずる手術《しゅじゅつ》を受けるアリバイを作るために、いいふらしてるだけなんだって」

「つま先をけずる？」

わたしは心底おどろいた。ジャックは深刻《しんこく》そうな顔でうなずいたが、口もとは笑っている。

「おばの足はバカでっかくて、超幅広《ちょうはばびろ》らくらくパンプスしかはけないの。でも、やっぱり、高級ブランドの靴《くつ》がはきたいじゃない？　マニラスやチューチューの」

「それをいうなら、マノロスとジミー・チュウのね？」

なんでわたしがブランド名なんか知ってるかって？　ニューヨーク・タイムズ紙の日曜版《ばん》にのってるファッション特集を、毎週かかさず読んでるからだ。

「そう、それ、それ。でも、おばの足は大きすぎて、はけない。だから、つま先をちょっぴり切って、かかとをけずって、針《はり》みたいなヒールの靴《くつ》をはきたいと思ってるわけよ」

「そんなとっぴょうしもない話、初めて聞いた！　おっと、ここで降《お》りなくちゃ」

とわたしは立ちあがった。

ジャックは席を立ちながらも、しゃべりつづけた。

「ロサンゼルスに行ったあと、おばはずーっと、ぼろい商売やってて、家の中の観葉植物《かんようしょくぶつ》のためにセラピスト雇《やと》ってるくらいだもん」

そのおどろくべきおばさんについて質問《しつもん》をしようとしたわたしは、博物館の前の実物大の展示《てんじ》に目を奪《うば》われた。

それは、幌馬車《ほろばしゃ》の複製《ふくせい》に本物の牛をつないだ展示物で、ひとりの俳優《はいゆう》らしい男が、テレビドラマ「大草原の小さな家」の衣装《いしょう》のお古かなんかを着て、御者席《ぎょしゃせき》に身動きもせずにすわっていた。

「博物館がこんな展示《てんじ》をするってことは、参観者がものすごーく少ないか、ものすごーく多いかの、どっちかよね」わたしはその幌馬車《ほろばしゃ》を指して、ジャックの腕《うで》をついた。

「え？　ホットドッグの屋台《やたい》のこと？」

「まさか、あれよ。ほら、大草原のお父ちゃんが手綱《たづな》とってる、あの幌馬車《ほろばしゃ》よ」

ジャックはわたしが指さした方向をながめていたが、わたしのほうをふりむいた。

「キャット、冗談《じょうだん》いってるの？　それとも、……あなたの例のやつ？」

思わず見返したわたしの顔を見て、ジャックは、そろそろとその方向に視線《しせん》をもどし、ささやいた。

「キャット、それって、動いてる？」

まるでそのことばを合図にしたように、大草原のお父ちゃんはムチをふるい、牛は幌馬車《ほろばしゃ》を引いてガラガラ走りだした。博物館の前の道路をかまわず横切ってどんどん進む。その幌馬車《ほろばしゃ》をつきぬけて、何台もの自動車がビュンビュン走り去る。

あんぐりと大口を開けてわたしが見つめるうち、幌馬車《ほろばしゃ》とお父ちゃんと牛は、向かいの「タコ・ベル」の建物の壁《かべ》の中へと消えていった。

「まいったわ！　気が狂《くる》いそう」

「その……、とくにどういう点が、そうなの？」ジャックが用心深く質問《しつもん》する。

わたしたちはバスから降《お》りた歩道の真ん中に、まだ突《つ》っ立っていた。

「この予測《よそく》できない点よ。亡霊《ぼうれい》が勝手《かって》気ままに、わたしの目の前に現《あら》われたり消えたりするのよ。いったい、どう慣《な》れればいいっていうの？　今はいいわよ、わたしがべらべらしゃべった相手があなただったから。でも、もし、わたしのことを知らないだれかほかの人だったら、どうするのよ？」

ジャックが、わたしの腕《うで》をギュッとつかんだ。

「あなたは、今、そんな人といるんじゃない。わたしといっしょにいる。それに、そのうちきっと慣《な》れてくるよ。さあ、中に入ろう！」

わたしは気をとり直してほほえみ、ジャックにつづいて博物館の入口に向かった。中に入る前に、さっきの場所をふりむいてみると、ホットドッグの屋台《やたい》があって、たった今、過去《かこ》と遭遇《そうぐう》したとも知らない店の男が、のんきに笑っていた。

今や、これがわたしの生活なのか？　わたしのまわりで、科学の法則《ほうそく》を完全に無視《むし》してファーストフード店の壁《かべ》をぬけて歩いたりしゃべったりする亡霊《ぼうれい》たちを、毎日見なければならないのか？　これまで優等生《ゆうとうせい》だと思われることを心配していたわたしが、これからは、幻覚症状《げんかくしょうじょう》に悩《なや》まされる頭のおかしなやつだと思われないよう用心しなければならないというのか？

博物館の中で、わたしたちは、開拓者《かいたくしゃ》が農業を始めた時代の生活の展示《てんじ》を見てまわった。当時の干草用《ほしくさよう》の熊手《くまで》や、木の切り株《かぶ》を掘《ほ》り起こしているジオラマにはたいして感心しなかったジャックが、羊の毛の刈《か》りかたを説明したイラストに、なぜかひどく感動している。

ところが、つぎの展示《てんじ》には、カラカラになったイナゴが並《なら》んでいた。

「ギャッー！」

ジャックがいきなり後ろに跳《と》びのいたので、わたしとぶつかり、ふたりとも床《ゆか》に倒《たお》れた。わたしたちはそのまま笑いころげた。ジャックのしゃれたレインコートも、足もとでぐしゃぐしゃになっている。

「ジャック、落ち着きなさいよ。イナゴはみんな、死んでるのよ！」

「死んでても、気持ち悪いものは悪いの！」ジャックは、しりもちをついたままズルズルと、虫の展示《てんじ》から少しでも離《はな》れようとしている。「わたし、虫がすっごく苦手《にがて》なんだよ。これにくらべれば、どんなトラウマだって軽症《けいしょう》よ」

わたしは、ジャックの手をひっぱって立たせると、つぎの展示室《てんじしつ》へ進んだ。

「もう心配ないわ。今度は、開拓《かいたく》当時の店と薬屋の展示《てんじ》だもの」

わたしはひそかに、虫がはってるみたいにジャックの首筋《くびすじ》をくすぐってやろうと思っていたのだが、展示室《てんじしつ》に入ってみると、ほかにも見学者がいる。

部屋の向こうの角、薬屋の展示《てんじ》の前で、黒い髪《かみ》の女の子がノートに何か熱心に書きこんでいる。わたしはすぐに、その少女が、中学三年のクラス委員で学校代表サッカーチームのキャプテン、クイン・アーヴィンだということに気がついた。

クインは、成績《せいせき》とスポーツと人柄《ひとがら》のよさの三つを兼《か》ね備《そな》えた人物として有名な生徒だ。だれからも好かれていて、あのショシャーナでさえクインには一目《いちもく》おいている。もちろん、わたしだって、クインの前でバカなことはしたくない。

わたしは、ジャックにいたずらをするのはやめて、分別《ふんべつ》のある生徒らしくふるまうことにした。

ところが、わたしがクインに向かって声をかけ手をふろうとしたとき、クインの真後ろに、ひとりの女が小さいイスにすわっているのに気がついた。その女は、床《ゆか》まで届《とど》きそうな古くさいワンピースの上にエプロンをかけ、すり鉢《ばち》にいれた何かをすりこぎですりつぶしている。

またか。わたしは、げんなりした。

さらに悪いことに、クインがわたしに気づいて手をふっている。ここでもし、わたしが手をふりかえしたら、十九世紀からやってきた薬屋の女の亡霊《ぼうれい》は、わたしが自分に手をふってくれたと思うだろう。亡霊《ぼうれい》がわたしの気を引こうとする中で、クインとふつうの会話をすることはできない。

だが、クインは、わたしとジャックに向かって手招《てまね》きしている。ジャックとふたりでクインのほうに歩きながら、わたしは思いっきり笑顔を作った。

「こんにちは！　なんで、ここに？」わたしはできるだけ気軽な感じで、クインに声をかけた。

「歴史《れきし》の宿題で、アメリカ開拓《かいたく》時代の商人について調べなきゃならないの。早いとことりかかっちゃおうと思って。あら、あなた、チェロを弾《ひ》く子でしょう？」

「ええ。ジャックといいます。お会いできてうれしいです」ジャックが愛想《あいそう》よくこたえた。

そこまでは、会話はスムーズに運び、礼儀《れいぎ》正しいものだった。

ところが、ジャックが突然《とつぜん》、クインの後ろ、亡霊《ぼうれい》の女が立っているほうに向かって手をさしのべ、自己紹介《じこしょうかい》を始めたのだ。

「初めまして、ジャックです」

わたしはギョッとした。

いったいどうしたの？　何考えてるのよ？　亡霊《ぼうれい》のことは無視《むし》しなくちゃならないのに、見えるふりなんかして！

わたしはすぐにいった。

「ジャック、またひとりで、おまじないでも唱《とな》えてるの？」

クインはちょっと妙《みょう》な顔をしたが、ジャックが手を伸《の》ばしているほうを見ていった。

「ああ、ごめんなさい、ジャックにキャット。これ、うちの母なの。母さん、こちらは一年生の友だちよ」

女はすり鉢《ばち》とすりこぎをおくと、エプロンのしわを伸《の》ばし、にっこり笑った。

「お会いできてうれしいわ。ごめんなさいね、こんなかっこうで。週に何度かボランティアで、生きた展示《てんじ》になってるのよ」

まったく！　今度は、生きた人間を亡霊《ぼうれい》だと勘《かん》ちがいしてしまった！　亡霊《ぼうれい》が見え始めたときは、わたしの人生どん底だと思ったものだが、うら若《わか》き霊媒師《れいばいし》は、人生のどん底をつねにはいずりまわらなくちゃならないのか。

「じゃあ、クイン。わたしたち、つぎの部屋へ行きます。開拓村《かいたくむら》の学校の展示《てんじ》へ進まなきゃならないので。お会いできてよかったです、アーヴィンさん」

わたしはジャックをつぎの部屋までひっぱっていった。開拓《かいたく》時代、できの悪い生徒にかぶせていた三角帽子《さんかくぼうし》がずらりと展示《てんじ》されている壁《かべ》の前に立つまで、ジャックはしゃべるのをがまんしていた。

「キャット、わたしのおまじないについて、説明してもらえる?」

わたしはくたびれはてて、大きなため息をもらした。

「クインのお母さんが、あんな古くさい服を着てたから、わたし、また亡霊《ぼうれい》かと思ったのよ。そしたら、あなたが自己紹介《じこしょうかい》始めたでしょ? もう、どうなってんだか、わからなかったの。だれが生きてんだか死んでんだか、区別がつかなくなっちゃって。もう正直、こんなことやれそうにないわ」

「こんなことって?」

「霊媒師《れいばいし》になること」

ジャックは真剣《しんけん》に考えている。

「ねえ、それ、キャンセルした場合の決まりってあるの？　それとも、とっちゃえる人がいるとか……」

わたしは落ちこんだまま、友人の顔を見つめた。

「ない。これって、通信販売《はんばい》でもイボでもなくて、能力《のうりょく》だから」

「そうだよね。じゃあ、しかたないね」

なんでもいいから、だれか知恵《ちえ》を貸《か》してくれないだろうか。さもないと、わたしは、亡霊《ぼうれい》が介入《かいにゅう》するこの四次元空間《よじげんくうかん》のひずみに押《お》しつぶされそうだ。

ジャックとふたりきりなのを確《たし》かめようと、部屋を見まわした。すると、ドアの窓《まど》ごしに、つぎの部屋で何かが動くのが見える。それが亡霊《ぼうれい》なのか生きている人間なのか、また判断《はんだん》を迫《せま》られるわけだ。こんなの、もうごめんだ。

「ねえ、ここから出ない？　わたし、もう、いやになっちゃった。確《たし》か、この建物の裏《うら》に庭があったと思うの。そこでサンドイッチでも食べよう」

ジャックが、出口と書かれたドアのほうをじっと見ている。そのドアの窓《まど》から、庭におかれたテーブルの一部が見えた。

「ハチ、いないかなあ？」と、ジャックが心配そうに聞いた。

わたしはジャックの腕《うで》をとって、出口のほうへひっぱっていった。

「ミツバチでもスズメバチでも、イナゴでもテントウムシでも、わたしにまかせて！生きていようが死んでいようが、そいつらから、必ずあなたをお守りするから」

10 魔《ま》のリハーサル

日の当たる庭に出ると、ようやく少しホッとした。庭には、わたしたちのほかにはだれもいない。小さな噴水《ふんすい》のそばに、かわいいテーブルがあった。日光の中で、ふたたびすべてが正常《せいじょう》に見える。

わたしは、母さんが作ってくれたサンドイッチの包《つつ》みを開けて、さっそくほおばった。ジャックを見れば、サンドイッチのパンを一枚《まい》一枚《まい》几帳面《きちょうめん》にめくり、また、ていねいに張《は》り合わせている。わたしを見て、ジャックがいった。

「ちょっと、チェックしてるだけ」

いったい何をチェックしてるんだろうと思ったが、聞かないことにした。

しばらく、ふたりは黙々《もくもく》とサンドイッチを食べた。缶《かん》を開けたとたん大噴出《だいふんしゅつ》したソーダをふきとりながら、わたしはふと思いだして、ジャックに聞いた。

「ジャック、きのう、わたしたち、図書館にいたじゃない？　スザンナ・ベニスが出てくる前だけど」

チェック済《ず》みのサンドイッチ越《こ》しに、ジャックはわたしを見つめ、ひと口食べながらうなずいた。

「そのとき、あなた、何か話そうとしてたわよね。チェロのことか、チェロの先生のこと。覚えてる？」

サンドイッチを噛《か》むジャックの口が、急にゆっくりになり、それから、やっとこたえた。

「うん、覚えてる」

「べつに、話さなくちゃならないってわけじゃないのよ。もし、もう気が変わって、話したくなくなったんだったら、いいの」と、わたしは急いでいった。

「ううん、気は変わってない。あなたの亡霊騒動《ぼうれいそうどう》で、ちょっとわすれてただけ」

ジャックがサンドイッチを食べ終えて、ナプキンで上品に口もとをふきとるまで、わたしはしんぼう強く待っていた。

ジャックがようやくしゃべり始めた。

「そう、チェロのことなんだけど……正確《せいかく》には、前にわたしがいったことと、ちょっとちがうんだ。ぜんぜんじゃないけど」

いったい何をいおうとしてるんだろう？　見せかけだったってこと？　ほんとうはチェリストじゃないの？　じゃあ、あのチェロのケースの中身はなんなの？　虫よけスプレー一年分？

「えーっとね、こういうことなんだ。正確《せいかく》にいえば、わたしはもうチェロを弾《ひ》いてない。つまり、ほとんど、やめちゃってるような感じ。でも、うちの母は知らないの。ほら、練習は、学校が始まる前に二時間、音楽室でやることになってるから。だって、マンションで練習したりすると、当然近所から文句《もんく》がでるでしょ？　毎日チェロをひっぱって学校に来るのは、家においておけば、やめたのが両親にわかっちゃうから。それで、朝早く音楽室に来て、宿題やったり、本読んだりしてる。ぼうっと天井《てんじょう》をながめてたりね。でも、練習はしてないんだ」

なるほどね。でも、率直《そっちょく》にいって、これって、今までのところ、告白ってほどでもないような気がする。

「わたし、チェロの練習をしてない」っていうのと、「わたし、亡霊《ぼうれい》が見える」っていうのでは、相当《そうとう》レベルがちがうんじゃないだろうか？

でも、ジャックはまだ全部は話していないような顔をしているし、時間はたっぷりある。たぶん、わたしがポカンとした顔をしていたせいだろう。ジャックは、もっとくわしく話そうと決断《けつだん》したようだ。

「もうちょっと、前にもどって話したほうがいいみたいだね。じつは、わたし、四歳《さい》のころからチェロ弾《ひ》いてるんだ。『きらきら星』なんかじゃなくて、もっとうんと上級のやつ。うちの母って、基本的《きほんてき》にステージママでね。ほら、子どもがまだべビーカーに乗ってるようなころから、オーディションだの、赤ちゃんコンテストだのにひっぱりまわすような母親がいるでしょ？　ただし、うちの母の場合、音楽だけだけど。母は、わたしがチェロを弾《ひ》くってことを、ものすごく重大なことだと思ってたわけ。だから、わたし、ほかのことは何もやらせてもらってないんだ。スポーツもダンスも、体操教室《たいそうきょうしつ》なんかも。チェロのレッスン、レッスン、レッスンで、レッスンを受けてないときは、練習。そして、そうした甲斐《かい》あって、うまくなったの。しかも、とびっきりうまく。八歳《さい》か九歳《さい》のころには、プロのオーケストラといっしょに演奏《えんそう》してた。コンクールもたくさん出た。若手演奏家《わかてえんそうか》のための、みたいなね」

すごーい！

わたしは、ただじっと、話のつづきを待った。ジャックは自分の話に集中していて、テーブルのまわりをハチがブンブン飛びまわっているのも気づいていない。

「で、去年、ここに越《こ》してくる前のことなんだけど、母の努力と策略《さくりゃく》がみのって、クラシック音楽の聖杯《せいはい》を勝ちとったの。まあ、母の意見によるとね。母はわたしを、カーネギーホールでの若手《わかて》音楽家による慈善《じぜん》コンサートの一員にすることができたわけ。あのカーネギーホールだよ、ニューヨークの。これって、母自身の夢《ゆめ》だったんだよね、まだ母が演奏《えんそう》してたころの」

「あなたのお母さんも、チェロを弾《ひ》くの？」

「母は、ヴィオラ。そう、母は、れっきとした落ちこぼれの演奏家《えんそうか》で、生涯《しょうがい》の無念をわたしで晴らそうとしてるわけ。でも、それはまたべつの話。とにかく、そんなすごいところでのコンサートのときは、オーケストラとのリハーサルは、一、二度しかないの。わたしは何ヵ月も練習した。明けても暮《く》れても練習につぐ練習。ところが、いざリハーサルになって、ソロを弾《ひ》くときになったら、わたし、コウチョクしちゃったんだよね」

ジャックは、そこで話しやめた。

「コウチョクって？」

「硬直《こうちょく》だよ。凍《こお》りついたんだよ。まるっきりだめだったの」

「うまく演奏《えんそう》できなかったの？」

「うまくどころか、まったく演奏《えんそう》できなかった。たったひとつの音もだせなかった。体はしびれたみたいに動かないし、手はふるえて目の前は暗くなるし。気おくれしたとか、あがり症《しょう》なんてもんじゃなくて、あれは、もう恐怖《きょうふ》」

「それじゃあ、お母さん、怒《おこ》ったでしょうね」

「卒中《そっちゅう》起こさんばかりだったよ！」

卒中《そっちゅう》ということばは初めて聞いたが、ジャックのいいかたと顔つきから、どんな状態《じょうたい》か十分《じゅうぶん》想像《そうぞう》できる。わたしの頭の中に、ごくふつうの中年女性《じょせい》の顔が浮《う》かんできて、突然《とつぜん》、その顔が真っ赤になり、両耳からシューーッと湯気《ゆげ》を吹《ふ》きだした。

「うっは！」と、わたしは思わず叫《さけ》んだ。

ジャックは話をつづけた。

「その恐怖《きょうふ》は、どうしても去らなかった。わたしは演奏《えんそう》できなくなった。とうとう慈善《じぜん》コンサートのメンバーからはずされて、わたしの代わりにティンパニ奏者《そうしゃ》の神童《しんどう》が入った。それからずっと、わたし、チェロ弾《ひ》いてないんだ」

「ぜんぜん？」

ジャックは首をふった。

「だれかがいると、弾《ひ》けないの。どんな人もだめ。チェロの先生も。ひとりのときだけ弾《ひ》ける。絶対《ぜったい》にだれも聞いていないって確信《かくしん》できるときだけね。でも、そのときだって、以前みたいには弾《ひ》けない。以前はあったものが、今のわたしにはないの。前みたいに、こう、音楽がわきあがってこない。どんなふうにいえばいいのかわからないけど」

ふと、博物館への入口のほうへ目をやると、ひとりの老婦人《ろうふじん》の姿《すがた》が見えた。日よけ帽《ぼう》をかぶり、そばに鹿革《しかがわ》の服を着たアメリカインディアンの少年が立っている。

わたしは無意識《むいしき》のうちにその老婦人《ろうふじん》と目を合わせ、はっきりと首を横にふり、さらに声をださずに「だめ」といった。おどろいたことに、ふたりの姿《すがた》はまたたく間に消えてしまった。

ジャックが話しだした。

「でも、母のほうは、わたしが弾《ひ》かずにいることが、がまんならなかった。その年の夏になってもわたしの状態《じょうたい》がよくならないとわかると、ステージ恐怖症《きょうふしょう》を克服《こくふく》させる先生を調べ始めたの。そして、どこからか、ウィッテンコート先生のことを聞いて、それで、わたしがここにいるわけ」

「つまり、あなたの家族全員が、荷物まとめて州の反対側までやってきたの？　あなたがその先生に習うために？」

ジャックは、うかない顔でうなずいた。

「そう。なんのためらいもなく。学期の途中《とちゅう》だろうと関係ない。母がウィッテンコート女史《じょし》を見つける。すぐさまアパートをさがす。それでもって、ビューーン！　わたしたちは引《ひ》っ越《こ》した」

「それで、ここに来て、どのくらいになるんだっけ？」

「七週間。そしてそのあいだ、わたしがチェロの練習をした時間は、ゼロ。母のいいつけにしたがって、わたしはチェロをかかえて学校へ行く。音楽室にすわってる。世の中の人たちが、ベッドから起きたり、歯をみがいたりしてる時間にね。でも、チェロはまったく弾《ひ》いてない。音階練習《おんかい》さえ」

「でも、じゃあ、チェロの先生は？」

ジャックは肩《かた》をすくめた。

「それがね、平日《へいじつ》に二回と土曜の午前、先生の家に行ってるけど、わたしはただすわってる。先生もすわってる。チェロもすわってる。だれも、なんにもしない。先生は、何かが起こるのを待ってるらしいんだけど、何も起こらない」

「先生は何もいわないの？」

「いくつか、いうよ。『こんにちは』、『アイスティーはいかが？』、『さようなら』。それと、レッスンの始まりに、かならずこういうの。『きょうは、何をしましょうか？

ジャクリーヌ嬢《じょう》』」

「ジャクリーヌ嬢《じょう》？」

「そう、ジャクリーヌ嬢《じょう》。呼《よ》び名はなし。かなり古風《こふう》な人よ。あちらはウィッテンコート女史《じょし》、こっちはジャクリーヌ嬢《じょう》。それで、そう聞かれても、わたしは肩《かた》をすくめるだけ。そのあとは何も聞かない。わたしたちはふたりで、すわってる」

「へえ。でも、お母さんはどうおっしゃってるの？」

「何もいわないよ。ということは、ウィッテンコート女史《じょし》が、何もくわしい話を母にしてないってことだね。つまり、わたしがレッスン中にチェロを弾《ひ》いてないってことを」

しかし、なんとも奇妙《きみょう》な状況《じょうきょう》だ。

わたしはおそるおそる聞いてみた。

「でも、それって、先生がレッスン料をだましとってるってことにはならないの？」

ジャックは首をふった。

「そうは思わないな。先生の考えはわからないけど。でも、何度か早くレッスンに行ったとき、わたしの前の生徒のレッスンを聞いたの。バイオリンの子。屋根もブッ飛ぶようなすごい迫力《はくりょく》の演奏《えんそう》だった。だから、あの先生が有能《ゆうのう》な指導者《しどうしゃ》だってことは、まちがいないよ。ただ、わたしはおしえないことにしたみたい」

ジャックは、やっと話し終わって安心したのか、ようやくテーブルのまわりを飛びまわっているミツバチに気がついた。叫《さけ》び声をあげ、あわてて両手を顔の前にやって防衛態勢《ぼうえいたいせい》をとった。ハチは、きらわれているのがわかったのか、おとなしく飛び去った。

「もう飛んでっちゃったわよ」わたしがいうと、ジャックは両手をどかして、こわごわあたりを見まわした。それから、わたしのほうを見た。

「こんなこと話したの、あなたが初めてよ。ほかには、だれも知らないんだ」

「だいじょうぶ。だれにもいわないから」

ジャックは、ホッとしたような顔でわたしを見た。

「わたしのほうも、いわないからね。でも、どう思う？　キャット。わたしって、変？」

わたしは目玉をまわしてみせた。

「ジャック、よくまじめな顔で聞けるわね。霊媒師《れいばいし》になる運命になやんでいるわたしに、ステージ恐怖症《きょうふしょう》が変わったことに思えると思う？」

ジャックが笑った。

「思えないよね。つまり、わたしたち、似《に》た者同士ってことだ」

「まさしく。わたしたちが将来《しょうらい》、何になろうと」

「でも、キャット、少なくとも、あなたには当然の選択《せんたく》があるよ」

わたしは片方《かたほう》のまゆをあげて、ジャックを見た。

「なんのこと？」

「つぎに何をすべきかは、明らかだってこと」

わたしはだまって、ジャックの話を待った。

「プロに相談することだよ。キャット、あなたのお母さんに」

11 亡霊《ぼうれい》を引きよせる場所

わたしは、ジャックのアドバイスをずいぶん検討《けんとう》した。そして、結論《けつろん》をだした。ジャックは正しい。わたしが亡霊《ぼうれい》を見る回数は減《へ》りそうにない。少なくとも、今すぐには。そろそろ、母さんにこの話題を持ちだす時期かもしれない。でも、どんなふうに？　こんな話を切りだすのは、だれだってむずかしいんじゃないだろうか？

こんなときにこそ、テレフォンサービスが必要だと、わたしは思う。０１２０・０８１《れいばい》・０８１《れいばい》みたいな。番号を押《お》すと、音声案内がこういうのだ。

「つぎの五つの中から、ご希望の番号を入力してください。あなたの家の中で、ものが空中遊泳《ゆうえい》する人の場合は、1を。あなたの家の壁《かべ》から、心霊体《しんれいたい》がにじみでてくる場合は、2を。あなたの家のケーブルテレビの受信が、霊《れい》によって妨害《ぼうがい》される場合は、3を。あなたが霊能力《れいのうりょく》の相続者《そうぞくしゃ》である場合は、4を。霊媒師《れいばいし》とお話しになりたい場合は、0を」

わたしは、0を押《お》す。

「では、お話しください……」

わたしは、その日の夕食がすむまで待った。

いつものように、母さんは何もしゃべらない。でも、心はおだやかで満足しているのがわかる。豆腐《とうふ》とモッツァレッラチーズのグラタンの食べ残しを、ラップに包《つつ》んで冷蔵庫《れいぞうこ》に持っていこうとしていた。

マックスが、ひと口でも落っこちてこないかと期待のまなざしで待っているが、案《あん》の定《じょう》、期待ははずれた。

さあ、今だ、とわたしが口を開いたとたん、電話が鳴った。母さんがでて、しばらく相手の話を聞いた。

「わかりました。あなたのお母さまのお母さまね。ええ、……ええ。ただ、今、娘《むすめ》のキャットと夕食をすませたばかりなので……」

母さんのそのいいかたで、ピンと来た。わたしが聞いているところでは、その依《い》頼主《らいぬし》と話をしたくないのだ。

「ええ、そうです。そのほうがいいと思いますわ。はい、では」

電話を切っても、母さんは何も説明しなかった。母さんとわたしは、おたがいのことについて、いつもまったく干渉《かんしょう》しない。どちらかが話をすれば聞くが、そうでなければ、たずねたりしない。でも、今回は好奇心《こうきしん》をおさえることができなかった。

「今の、だれなの？」

「いつものことよ。霊《れい》の呼《よ》びだしを依頼《いらい》してきた人。それより、博物館、どうだった？　きょうは、ジャックと楽しくすごせた？」

話を切りだすタイミングとしては、最高だ。わたしは、たった今自分でふきあげたばかりの台所のテーブルについている。母さんは、向かい側にすわって、大きな蜜蝋《みつろう》のロウソクに火をつけようとしている。何かちょっとしたことがわたしに起こったことは、感じているようだ。もちろん、母さんなら感じるはずだけど。

「博物館は、まあ、よかったかな。そんなにアッとおどろくようなことはなかったけど。だって、もともとそんな場所じゃないものね。かなり退屈《たいくつ》なところよ。幸運にもふつうに生まれついた人たちにとってはね」

母さんは、わたしがいったことがなんでもないことみたいにうなずいている。そう、前置きも、「前編《ぜんぺん》までのあらすじ」も、母さんには必要ないのだ。

「母さん、わたし、見えるようになったの」

一瞬《いっしゅん》、部屋がまばたきしたように思えた。テレビを見てるとき雷《かみなり》が鳴ると、画面が一瞬《いっしゅん》とぎれるけど、あんな感じだ。母さんはテーブルの向こうから、じっとわたしを見つめている。チラチラするロウソクの光で、母さんの顔は、昼間とはぜんぜんちがって見える。

「そう。それって、誕生日《たんじょうび》のころ？」

母さんは知っていたのだ。そうよね、もちろん、母さんにはわかってたんだ。

わたしはうなずいた。

「最初のころは、たまに見るくらいだったの。でも、今はちがうの、母さん。エレキギターをアンプにつないだみたいに、わたしの全機能《ぜんきのう》が突然増強《とつぜんぞうきょう》されちゃって、もう、どこでだって、しょっちゅう見えるのよ」

母さんは、手の中でネックレスを何度もひっくりかえしながら、話を聞いている。

「それは、いつ始まったの？　その、ひんぱんに見えるようになったのは？」

「きょう。もう、わたし……、わたし、こんなこと耐《た》えられないよ」

わたしは突然《とつぜん》、ワッと泣きだしてしまいたくなった。まるで小学一年生が、学校から帰ってくるなり母親に泣きながら不満をぶつけるみたいに。

「あなた、あの晩《ばん》、川のそばで、黒づくめの服を着た老人を見たのね？」と母さんが聞いた。

わたしはうなずいた。そして、思わず、どうして知ってるの？　と聞きそうになった。でも、知ってて当然だ。母さんにも見えたんだもの。

「その前にも、通りで何度か見たの。それから、あとですぐ話すけど、学校でも見た。でも、母さん、きょうはひどかった。あんまりつぎつぎに見えるんで、もう亡霊《ぼうれい》だか生きている人だか、わからなくなったんだから。しかも、どんどんひどくなるみたいだし。もし、こんなことが起こりつづけるんなら、わたし、もう、どうしたらいいかわかんない」

「キャット」母さんが、わたしのほうへ手を伸《の》ばした。「そんなことはないの。どんどんひどくなるってことは、ないのよ。ほら、きょう、あなたがどこにいたか、考えてみて」

「え？　どこにいたって……」

「あなた、博物館にいたでしょ？　あそこは、昔だれかのものだった古いものが、たくさんおいてあるわよね。世の中には、亡霊《ぼうれい》を磁石《じしゃく》みたいに引きよせる場所が、いくつかあるの。墓地《ぼち》、病院、劇場《げきじょう》、それと博物館よ。あなたが、この先、ますます見えるようになるってことはないわ。たまたま、きょうは、亡霊《ぼうれい》がぎっしり詰《つ》まった場所にいたのよ」

わたしは心からホッとした。いつもいつも山ほどの亡霊《ぼうれい》を見るわけじゃないと知って、あんまりうれしかったので、ときどき見るくらい、なんてことないように思えた。

わたしは突然《とつぜん》、思いだしていった。

「ごめんなさい、母さん。このこと、すぐいわなくちゃいけなかったのに。でも、見えるようになったことが、すごくうれしいってわけでもなかったから。霊媒《れいばい》って仕事を母さんは愛してるし、誇《ほこ》りを持ってることもわかってる。だから、わたし、こんなことを駄々《だだ》っ子《こ》みたいにぐずぐずいって、母さんにいやな思いをさせたくなくって……」

「キャット、あなた、ちっとも駄々っ子《だだっこ》みたいじゃないわ。それに、わたしにいやな思いをさせるなんて、そんな心配もまったくないのよ。霊《れい》が見えることって、そんなに単純《たんじゅん》なことじゃないの。たいへんな忍耐力《にんたいりょく》と犠牲《ぎせい》をともなう能力《のうりょく》なの。その能力《のうりょく》とうまく折り合いをつけられるようになるには、長い年月がかかるのよ。一生できない人もいるわ」

「でも、わたし、どうすればいいのかわからないの。何を期待されてるのか。母さん、わたし、まだ中学一年なのよ。だから、学校では、ふつうの女の子らしく見えるようにいつも気をつけてなきゃならないの。これって、すっごく……、すっごく、ふつうじゃないよ」

「あなたのいうとおり、ふつうじゃないわね。でも、キャット、よく考えてみて。あなたは、まだ若《わか》いから、わからないかもしれないけど、実際《じっさい》には、ふつうなんてないのよ。ふつうっていうのは、自分をくらべるものがほしくて、みんなで作りだしたものなの。だから、ふつうかどうかなんてことは、心配する必要のないことよ、キャット」

そりゃ、母さんはそうだろう。もうとっくの昔に、ふつうの域《いき》をロケットで飛びでちゃってるもの。

「でも、じゃあ……、わたし、どうすればいいの？　霊媒師《れいばいし》のためのマニュアルか何か、ある？　じゃなければ、個別指導《こべつしどう》とか？　だって、わたし、視界《しかい》ゼロで飛行機操縦《そうじゅう》してるようなものなんだもの」

母さんは笑った。

「わたしがいるじゃないの。助けになるわ。よく話しあってもいいし、カード占《うらな》いをしてあげてもいいわよ。でも、ほんとうはね、あなたに必要なものは、あなたの中にあるの。あなたの直感《ちょっかん》が、あなたの指導書《しどうしょ》なのよ。今、あなたは霊《れい》を見始めた。最初はそんなふうに始まるの。とっても奇妙《きみょう》な体験で、そのたびにビクビクさせられる。でも、信じて。じき慣《な》れるから。そして、ほかの人には見えないってことのほうが、奇妙《きみょう》に感じられるときが、きっと来るわ」

できれば、ごめんこうむりたい、そんなこと。

「あなたが今やるべきことは、見て、待つことね。霊《れい》のいる風景に慣《な》れること。ほかのことは何もしなくていいわ、今のところは。そのうち、つぎの段階《だんかい》に自然に進むはずよ」

「それって、どんな？」

「霊《れい》が近づいてくるの。その霊《れい》は、あなたに気づいてほしいということを、はっきりしめして、助けをもとめるわ」

「それよ、母さん」

わたしは、両手でロウソクを囲んだ。

「それが、もう起こったの」

そのあと、母さんと深夜まで話していたので、つぎの朝、わたしの顔はまるでゾンビみたいだった。土曜日なので学校は休みだが、図書館は午前中だけ開館している。勉強家と、ぐずぐず勉強を先のばしにしている生徒のために。

生物学の調べ学習を、あれ以来まったくやっていなかったので、きょうは、それを図書館で進めるのにちょうどいいと思った。ジャックは、例の「チェロのレッスン」が昼近くにあるというので、わたしひとりだ。

わたしは学校の図書館まで歩いた。寝不足《ねぶそく》の頭を冷やしたかったし、母さんは霊媒《れいばい》の仕事があったので、車で送ってくれとはいいたくなかったのだ。寒い朝で、降《ふ》りだした霧雨《きりさめ》が、すぐにもどしゃ降《ぶ》りになりそうな天気だった。

こんな日はベッドの中で、高校生に人気の「ゴシップガール」の最新刊《さいしんかん》でも読んでいたいところだ。テレビの前のソファーに陣《じん》どって、迷子《まいご》のペットをさがす番組を見るのもいい。

でも、昨夜、霊《れい》との交信《こうしん》や悪霊《あくりょう》にとりつかれる場合について、母さんと何時間も話しあったあとでは、正直、しばらくこの家から離《はな》れたかったのだ。

わたしは図書館に向かいながら、以前一度だけ見たテレビ番組を思いだしていた。裕福《ゆうふく》な家の少女の、ぜいたくな十六歳《さい》の誕生日《たんじょうび》パーティーを見せる番組だ。

その子は、貧《まず》しい家庭に生まれてきびしい環境《かんきょう》で生活していたが、十五歳《さい》のとき、億万長者《おくまんちょうじゃ》の養女《ようじょ》になったのだそうだ。彼女《かのじょ》は文字どおり一夜にして、大邸宅《だいていたく》に住み、好きなだけこづかいを使える身分となった。

養女《ようじょ》になって十一ヵ月後、まったく別人になってしまった彼女《かのじょ》の姿《すがた》を、テレビはうつしだした。アジア人のようなストレートヘアにしてストライプをいれた髪《かみ》は、わたしたち中学生の二ヵ月のサマーキャンプ代より、ずっと費用《ひよう》がかかっている。なぜ、わかるかって？　彼女自身《かのじょ》が、すべてのものの値段《ねだん》や費用《ひよう》をカメラに向かってしゃべったからだ。有名ブランドの極細《ごくぼそ》ジーンズと上着、それに八百ドル以上もするカウボーイブーツ。しかも、そんなものは一度くらいしか着ないで捨《す》ててしまうのだという。

ファッションをべつにしても、彼女《かのじょ》はすっかり偉《えら》そうな態度《たいど》を身につけていた。自分より金持ちでない子や、自分よりきれいな顔をした女の子を、意地の悪いことばでなぎたおし、侮辱《ぶじょく》して楽しんでいる。

そのテレビを見ながら、わたしは考えこんでしまった。以前の彼女《かのじょ》はいったいどこに行ってしまったんだろう？　毎朝、台所でゴキブリを踏《ふ》みつぶし、スーパーのセールでやっと買った安物のジーンズを色あせてもはいていた女の子は？

恐《おそ》ろしいのは、人生の最初の十五年間の彼女《かのじょ》が、すっかり消えてなくなったことだ。大金持ちになったとたん、彼女《かのじょ》はまったく別のものになってしまったのだろうか？　ブランド物の服と高級エステに飛びつき、ほかの女の子をこきおろすことに最高の喜びを見いだす飢《う》えた怪物《かいぶつ》に。

わたしは、この女の子に起こったことが、自分にも起こるような気がしてならなかった。つまり、ほとんどひと晩《ばん》で霊媒師《れいばいし》になるということは、それまでのわたしがきれいさっぱりなくなって、代わりに何か……その……ふつうじゃないもの、まったくちがったものに変身してしまうことになるのではないか？

カフェテリアの頭脳系《ずのうけい》生徒のテーブルに迎《むか》えられて、だれからも好かれるクイン・アーヴィン的な人気を得るのは、もう無理だ。だが、それでもやっぱり、霊媒《れいばい》師《し》にだけはなんとかしてならずにすませたいという思いを、わたしはどうしても捨《す》てきれずにいた。

暗い空の下、灰色《はいいろ》の図書館は、いつにもまして無表情《むひょうじょう》に見えた。まるで警備《けいび》の甘《あま》い刑務所《けいむしょ》のよう。でも、それも当たっているかもしれない。わたしたち生徒はみんな囚人《しゅうじん》で、看守《かんしゅ》は先生たちだとも思えるではないか。

でも、朝っぱらから、そんな重たいことは考えたくない。わたしはその思いつきを追っぱらって、図書館の中に入った。館内は、まだガランとしている。コンピュータクラブのふたりの男の子が、ひとつのパソコンの画面に一心《いっしん》に見いっている。何か最先端《さいせんたん》の研究に打ちこんでいるのか、それともゲームに熱中しているのか、ひょっとしたら、全校生徒の成績簿《せいせきぼ》に不正に侵入《しんにゅう》してデータを書き換《か》えているのか、その後ろ姿《すがた》からはまったくわからない。わたしが入ってきたのにも気づかないらしく、ふたりともふりむかない。でも、わたしだって、そのほうがいい。

わたしは、図書館の奥《おく》、ジャックといっしょにあの怪奇現象《かいきげんしょう》を経験《けいけん》したテーブルへと歩いていった。そこは書架《しょか》に囲まれて、隔離《かくり》されているからだ。

ところが、そこでも、ひとりきりにはなれなかった。書架《しょか》の向こうから女の子の声が聞こえてきたのだ。相手に話す隙《すき》をあたえたくないのか、それとも携帯電話《けいたいでんわ》に向かってしゃべっているのか、とにかく、その声はとぎれなく聞こえてくる。語尾《ごび》を長く伸《の》ばして跳《は》ねあげる、若者《わかもの》向け音楽番組の司会者みたいな話しかただ。

「でもってさ、丸一週間やったわけ。ってことは、七日間も、サウス・ビーチ・ダイエットをだよ。もう、一本やりって感じで。わかる？　でもって、やっと五百グラム減《へ》ったわけ。そしたら日曜日に、母親がチーズケーキ持って現《あら》われたの。それで、食べちゃったわけよ、ふた切れも。そしたら、つぎの日には一キロも増《ふ》えちゃってるの！　ねえ、これって何？　たった一分間ダイエットやめたら、一週間かかって減《へ》った分の、二倍も増《ふ》えちゃうわけ？　ちょっとさ、世界中がよってたかって、あたしらに、『やせろ！』っていってるわけジャン？　だったらさ、国がトレーナーでもなんでも、ただでつけてほしーよね？　税金払《ぜいきんはら》ってんだしさー」

わたしはイスにすわったきり耳をそばだて、盗《ぬす》み聞きをやめることができなかった。いったい、今聞こえてくるのは何だ？　西洋文明凋落《ちょうらく》のきざしなのか？　それとも、コメディアン顔負けのコントなのか？

「うちの親、あたしに脂肪吸引《しぼうきゅういん》させてくれるってんだけど、あれって、年齢制限《ねんれいせいげん》あるジャン？　にせの身分証明書《みぶんしょうめいしょ》、使えばいいって感じ？　今んとこ、スポーツ用の強力ガードル使ってんだけど、ジーンズとかはくとき。これが、肉に食いこむんだよね。わかる？」

それにしても、こんな女の子たちって、どうしてここまで減量《げんりょう》にとりつかれているんだろう？　わたしなんか、おなかぺっちゃんこの体型とはまったく縁《えん》がないし、きっとこの先もずっとそうだ。

わたしがとりつかれているのは、減量《げんりょう》ではなく、亡霊《ぼうれい》。そんなものには、強力ガードルなんて助《すけ》っ人《と》はないのだ。

「太ってるのってさ、負け犬ジャン？　ていうか、ジムにも行けない恵《めぐ》まれない子って感じジャン？　たとえば、大学行って、ウェストが六十センチもあったら、まともな子がつきあってくれる？　だめジャン？　うちの親って、おつむ弱いって感じだけど、そこんとこは、わかってくれないとね。けさなんか、あたしを無理やり起こして、図書館に引きずってきたりなんかして、それで、あたしが勉強すると思ってんの！　そりゃ、生物のレポートには、あたしの進級がかかってるわけだけどさ。

だけど、そんなの、インターネットで五十ドルも払《はら》えば、手に入るってーの！　完璧《かんぺき》に仕上がったやつが！」

そういうことなのか！　これはまさに、西洋文明の凋落《ちょうらく》だ。

「もしもし？　聞こえる？　聞こえる？　もしもし？」

つづいて、パシャッと音がした。まちがいなく携帯電話《けいたいでんわ》を閉《と》じる音だ。ところが、その持ち主について考えるより先に、キーッと、リノリウムの床《ゆか》を乱暴《らんぼう》にイスを引く音がして、高級革《かわ》ブーツの高いヒールが床《ゆか》を打つ音が、機関銃《きかんじゅう》のようにガンガンひびいてきた。

だれかが、わたしのテーブルのわきを急いで通りすぎる。シャネルのバッグがチラッと見えた。と、そのとき、その持ち主は凍《こお》ったように立ちどまり、肩越《かたご》しにわたしをふりかえった。

ブルックリン・ビゲロー。

一瞬《いっしゅん》、ブルックリンの顔に困惑《こんわく》と恐怖《きょうふ》の表情《ひょうじょう》が浮《う》かんだ。携帯電話《けいたいでんわ》での内密《ないみつ》の会話をわたしに聞かれたことがわかったのだ。だが、数秒後、その表情《ひょうじょう》はわたしに対するあからさまな軽蔑《けいべつ》に変わっていた。

「ウッヘ！」ふりむいたひょうしに、ブルックリンの長い髪《かみ》がわたしを打った。髪《かみ》を投げつけられたのって初めてだ。「あんたさ、いったい、どこで服買ってんの？　格安《かくやす》中古品店？　まるっきり、ファーストフード店の店員って感じジャン」

聞こえないふりをすべきだった。そうするのが一番安全な方法だった。でも、ブルックリンの態度《たいど》があまりにも人を見下していたし、そのくちびるがいかにも意地悪そうにひん曲がっていたせいか、わたしは、ただじっとすわってやりすごすことができなかったのだ。

「そうね、格安《かくやす》中古品店じゃ、あなたの特殊《とくしゅ》なご要望にはこたえられないわね。強力ガードルなんて売ってないから」

ブルックリンの口があんぐりと開き、顔がみるみる真っ赤になった。だが、ブルックリンは、すぐに回復《かいふく》して口を閉《と》じ、いかにも見下すような目つきでわたしを見た。

「あんた、自分のほうがましだとでも思ってんの？　自分の弱みがわかってないの？　キャット、実際《じっさい》、あんたがかわいそー。聞いた話じゃ、カルト集団《しゅうだん》に育てられたようなもんだって？　知ってんだよ、ぜーんぶ。あんたの超怪《ちょうあや》しいおっかさんのこと」

わたしは何も感じなかった。ただ、じっとブルックリンを見つめながら考えた。そもそも、この女の子は図書館で何をしてるんだろう？　図書館に入る資格《しかく》があるんだろうか？　こんな生徒、入口で追い返せばよかったんだ。

「おっかさんが、霊媒師《れいばいし》？　やめてよ！　テレビの『怪《あや》しい伝説』見れば、そんなんは、ぜーんぶいかさまだってことくらい、だれだってわかるよ。あんたのおっかさんは詐欺師《さぎし》だよ。けがらわしい。そんなものはさ、聖書《せいしょ》に反するんだよ」

「ブルックリン、何が聖書《せいしょ》に反するの？」

怒《いか》りがのどもとまでせりあがってきて、押《お》さえることができなかった。

「霊《れい》を呼《よ》びだすとか、占《うらな》い板とか、それとか何かパワーがあるみたいに見せかけて、客から金とることだよ！　そういうのがさ、聖書《せいしょ》に反するってーの。だれでも知ってんだよ、そのくらい」

「そう？　じゃ、聖書《せいしょ》のどこに書いてあるの？」とわたしは攻《せ》めた。

ブルックリンは、がまんならんというふうに鼻息を荒《あら》げた。

「全体的にだよ。決まってるジャン。たとえば、『アメリカン・アイドル』に出てくるアイドルは、偽者《にせもの》だから、見ちゃいけないとか、そういうとこだよ」

いやはや！　ブルックリンは、芸能界《げいのうかい》のアイドルと、禁《きん》じられた偶像崇拝《ぐうぞうすうはい》の偶像《アイドル》を同じものだと思っているのだ。ブルックリンがこれほどいやな人物じゃなかったら、こんな傑作《けっさく》なジョーク、腹《はら》かかえて笑いころげるところだ。

「キャット、あんたさ、ここにいるべき人間じゃないんだよ。だれもあんたなんか好きじゃないし、あのアホっぽいチェロ女以外、だーれもあんたなんかとつきあいたがらないってーの。あんたがここにいること自体、まちがいなんだよ。もう転校しちゃいな、どっかのヒッピー学校にさ。そいで、福祉《ふくし》の援助《えんじょ》でも受ければ？」

「でも、そうしたら、脂肪吸引手術《しぼうきゅういんしゅじゅつ》したあとのあなたに会えないじゃない？　それって、残念すぎるわ」

ブルックリンの顔が、みるみる紫《むらさき》がかってきた。両手を腰《こし》に当てたまま、怒《いか》りでブルブルふるえている、と思ったら、つばを飛ばしながらわめき始めた。

「学校中の人間におしえてやる、あんたの母親が詐欺師《さぎし》だってこと。みんなが真実を知ったら、どうなるかわかってんの？　あんたは完璧《かんぺき》なのけ者。そいでもって、あんたの母親は、世間《せけん》の物笑いになるのさ！」

とうとう、堪忍袋《かんにんぶくろ》の緒《お》が切れた。こんなこと、すべきではなかったと思う。でも、わたしの気持ち、わかってくれる人もいるはずだ。

まずわたしは、効果《こうか》をねらって立ちあがった。どうしてそれが効果的《こうかてき》だと判断《はんだん》したのか、自分でもよくわからない。たぶん、古いテレビコメディー「奥《おく》さまは魔女《まじょ》」の一場面でも頭に浮《う》かんだのだろう。それから、ブルックリンを長いことじっと見つめた。ブルックリンの意地悪な目つきを真似《まね》して。

「あなた、やけに自信があるのね。うちの母さんがにせもの？　ブルックリン、知ってる？　怪奇現象《かいきげんしょう》がありえないことを証明《しょうめい》できた科学って、まだないのよ。もし、あなたがまちがってて、母さんに霊《れい》と交信《こうしん》する能力《のうりょく》がほんとうにあったら、どうするの？　母さんと対決するの？　それに、わたしは？　そんな能力《のうりょく》を受けついでないって、あなた、はっきりいえるの？　でもね、おしえてあげるわ、ブルックリン、わたしにもあるのよ、その力。証明《しょうめい》してほしい？　わたしもたった今、ここに霊《れい》を呼《よ》びだせるの。よい霊《れい》、悪い霊《れい》、醜《みにく》い霊《れい》、お好みに合わせて、あなたにとりつかせることだってできるのよ。わたしが呪文《じゅもん》を唱《とな》えるあいだ、あなたがここに立っててくれさえすればいいの。ねえ、やってみる？　あなたのいうように、わたしの力はにせものかもしれない。でも、もしそうじゃなかったら、あなた、とんでもない災難《さいなん》をしょいこむことになるのよ。亡霊《ぼうれい》たちと関わったら最後、美容整形《びようせいけい》だろうが、脂肪吸引《しぼうきゅういん》だろうが、そんなもんじゃ、とてももとにもどれなくなるんだから」

劇的効果《げきてきこうか》をだすために、わたしはここで小休止《しょうきゅうし》をいれた。ブルックリンの顔を見ながら、今、大笑いされたらおしまいだなと、じつはちょっと心配だった。ところが、ブルックリンの顔には極度の不安が張《は》りついている。わたしはそのまま、自作《じさく》自演《じえん》の芝居《しばい》をつづけた。

「ほんのちょっとした呪文《じゅもん》を唱《とな》えるだけ。ほんとに簡単《かんたん》なのよ、ブルックリン。あなたにも、わたしみたいな力があればねえ。じゃあ、始めるわよ。そこに、じっとしとくのよ」

わたしは、両手を頭の上まであげると、目を閉《と》じた。それから、体をゆっくりと前後に揺《ゆ》らした。

「キャシール、ガラードリル、ザラトゥーストラ、オーベロン。世界の果《は》ての亡霊《ぼうれい》たちよ、目覚《めざ》めよ。汝《なんじ》らに命じる、目覚《めざ》めよー」

「やめて」ブルックリンが叫《さけ》んだ。「やめて!!」

わたしは片目《かため》を半分開けて、相手のようすを盗《ぬす》み見た。ブルックリンはシャネルのバッグを赤ん坊《ぼう》みたいに抱《だ》きしめ、ずるずると後ずさりしている。

わたしはふたたび、呪文《じゅもん》らしい節《ふし》をつけて台詞《せりふ》を唱《とな》えた。

「目覚《めざ》めよ、汝《なんじ》ら、亡霊《ぼうれい》たちよ。凄《すさ》まじい汝《なんじ》らの力をこそ、今、我《われ》は呼《よ》び覚ます。火に代わり、大地に代わり、大気に代わり、水に代わり、我《われ》は汝《なんじ》らを呼《よ》び覚ます。目覚《めざ》めよ――」


ブルックリンがさらに一歩退《しりぞ》いたとき、後ろにあった雑誌用《ざっしよう》のラックにぶちあたった。それが引き金となって、ついに恐怖《きょうふ》に身をまかせたブルックリンは、金切り声をあげると、まるで巨大《きょだい》ドブネズミにでも襲《おそ》われたようにラックをなぐり倒《たお》し、一目散《いちもくさん》に図書館から逃《に》げだした。けたたましい足音とともに、バターンとドアの閉《し》まる音。

わたしはドサッとイスにすわりこみ、目をつむった。笑いがあとからあとから、こみあげてくる。わたしは声を殺して笑った。

自分のやったことについては、正直、少々後《しょうしょう》ろめたかった。それにしても、ブルックリンのあのざま！　あれじゃ、ブランドのジーンズが泣くわ。それに、あの顔は見ものだった。わたしが呪文《じゅもん》を唱《とな》え始めたときのあの顔ときたら……。ジャックに話してやりたいけど、とてもうまく描写《びょうしゃ》できそうにないな、あの顔は。

わたしはまた、ひとりでクスクス笑った。それから、大きくため息をついた。

と、そのとき、わたしの意識《いしき》に、何者かがそっと働きかけているのに気づいた。何者かが、そっと。わたしは不審《ふしん》に思って、目を開けた。

なんと、目の前にスザンナ・ベニスが立っていて、まっすぐにわたしを見つめている。

わたしはギョッとして跳びあがった。スザンナは動かなかった。ずっと前からそこにいて、わたしが気づくのを待っていたのだろうか？

スザンナにはわたしが見えているにちがいないが、顔にはなんの表情《ひょうじょう》も表れていなかった。ロボットのように完全な無表情《むひょうじょう》。背筋《せすじ》がゾクッとした。

以前、スザンナを見たのもこの場所だから、スザンナがこの図書館にとりついていることは確《たし》かだ。でも、今回ここに現《あら》われたのは、わたしの呼《よ》びだしに応《おう》じたのだろうか？　ブルックリン・ビゲローをギャフンといわせるために打った、芝居《しばい》の呼《よ》びだしに。

この前は、どうにかスザンナの霊《れい》を送り返すことができた。まだ準備《じゅんび》ができていないということを伝えることもできた。今、わたしの手ちがいでスザンナを呼《よ》びだしてしまったからには、今回もなんとかして、スザンナとうまくやらなくては。

「あなた、スザンナね？」とわたしはいった。

スザンナの目が輝《かがや》いた。が、何もいわない。スザンナの姿《すがた》はこの前とまったく同じだ。卒業写真アルバムの写真とそっくりそのままの灰色《はいいろ》の服、こけたほお、二本の太いおさげ。

わたしは、もう一度いった。

「スザンナ・ベニスでしょう？」

スザンナの手もとで何かが光った。フルートだ。フルートを手に、スザンナはただじっとわたしを見つめつづける。

いったいどうすればいいんだろう？　昨夜は、霊《れい》について母さんとあんなに語り合ったのに、なんでこんな簡単《かんたん》なことを聞いておかなかったんだろう？　スザンナはわたしに何を望んでいるの？　と。

「わたし、キャット。あなたが見えるわ、スザンナ」

返事がない。当然だ。スザンナは、わたしに自分が見えることを知っているから、出てきているんだもの。だめだ、こんなやりかたでは。でも、まったく手がかりがつかめない。やっぱり、わたしにはまだ無理。落ちこぼれのための霊媒師《れいばいし》スクールにでも行って、やりなおさなきゃ。

そのとき、スザンナがグッとわたしのほうに寄《よ》ってきた。わたしは自制心《じせいしん》のありったけを動員《どういん》して、イスを引いてスザンナから離《はな》れようとする自分を押《お》しとどめた。

スザンナが片手《かたて》をテーブルにつき、わたしのほうへ身をかがめる。太い二本のおさげが、ゆらりと前に垂《た》れた。スザンナの手はどことなく平らで、テレビの画面のように平面的《へいめんてき》に見える。

スザンナが、ほとんどささやくような声でいった。

「知ってるの」

「知ってるって、何を？」わたしはささやき返した。

「もう、知ってるのよ。わたし、死んでるって」

それから、スザンナはフッと消えた。それと同時に、突然《とつぜん》、火災報知機《かさいほうちき》が鳴りひびいた。

12　学校のホームページ

ひどい土曜日になったものだ。そのあと、わたしは一時間も、ふたりのコンピュータおたくと図書館に閉《と》じこめられた。セキュリティー会社の人が来て、火災報知機《かさいほうちき》が作動《さどう》したのは、だれかが防火扉《ぼうかとびら》を開けてあわてて外に出ていったからだということをつきとめるまで、わたしたちを解放《かいほう》してくれなかったのだ。

その犯人《はんにん》がだれだったのかは、たいした想像力《そうぞうりょく》を働かせなくてもわかったが、わたしはブルックリンのことをセキュリティーの人にはだまっていた。わざわざ密告《みっこく》する価値《かち》もないし、そのときブルックリンをあわてさせたのはなんだったのかということになれば、結局、自分までまずいことになってしまう。

それより、わたし自身、早く図書館から逃《に》げだしたくてたまらなかった。スザンナの霊《れい》は、あれからもどってこなかった。でも、気持ちはますます落ち着かない。スザンナの霊《れい》が現《あら》われたことより、ブルックリンにあんないたずらをやってしまったことが気になってしかたがなかった。自分の力を乱用《らんよう》して危険《きけん》な一線を越《こ》えそうになっていたことが、自分でもわかっていたからだ。

でも、わたしは、その心配を心のすみに押《お》しやろうとした。確《たし》かにバカなことをしたが、たいしたことじゃない。それに、もう終わったこと。実際《じっさい》に、だれかに危《き》害《がい》が及《およ》んだわけじゃないのだからと。

もう、生物学の勉強をつづける意欲《いよく》も気力もなくなってしまった。わたしは一刻《いっこく》も早く図書館を出て、ジャックと話がしたかった。

外に出ると、雨はかろうじてあがっていたが、またすぐにでも降《ふ》りだしそうに、空には鉄色の雲が垂《た》れこめていた。

わたしは、ジャックの住む通りへ向かって歩きだした。ジャックのマンションにはまだ行ったことがないが、どの建物かは知っている。

携帯《けいたい》を持たないので、いきなりたずねるしかない。もちろん、前ぶれもなくよその家を訪問《ほうもん》するのは、かなり非常識《ひじょうしき》な行為《こうい》だ。でも、わたしはどうしてもジャックに会いたかった。それに、じつは、ジャックの家庭生活への興味《きょうみ》もある。

ジャックは、あまり自分の家のことを話してくれない。母親が娘《むすめ》のチェロのことに夢中《むちゅう》だということ。父親は、いつもどこかのプログラムをテストしているコンピュータの天才エンジニアで、あまり家にはいないということ。知っているのはこれだけだ。

マンションは、赤いレンガの五階建てだった。入口で、ジャックの家が一階であることを確《たし》かめ、ドアのベルを押《お》した。緊張《きんちょう》のあまり、胃《い》のあたりが落ち着かない。

まもなくドアが開き、ジャックの母親らしい女の人が現《あら》われた。何もいわず、わたしをじっと見つめている。わたしは最高に礼儀《れいぎ》正しいほほえみを浮《う》かべ、握手《あくしゅ》の手を伸《の》ばした。

「こんにちは。ジャックのお母さんでいらっしゃいますか？　わたし、学校の友人の、キャットです」

それでも、その女性《じょせい》はだまっている。わたしは、もしかしてジャックが、わたしのことを母親に何も話していないんじゃないかと不安になった。いや、ひょっとしたら、ぜんぜんべつのマンションなのかもしれない。

だが、ようやく、女性《じょせい》は口もとにほほえみを浮《う》かべた。目はあいかわらず冷ややかで、冷静にわたしを観察、というより値踏《ねぶ》みしている。

「存《ぞん》じています。キャットね。初めまして。きょう、来てくれることになっていましたかしら？」

「あ、いえ、すみません。あの、家がすぐ近くなので、その、ちょっと、寄《よ》ってみようかなって……」

われながら、間《ま》のぬけたしゃべりかただ。

「じゃあ、居間《いま》にでもどうぞ。ジャックを呼《よ》んできますから。せっかくいらしたんですものね」

なんと心温まるおことば！　わたしはもう一度ほほえもうとしたが、これほどの寒冷前線《かんれいぜんせん》に面と向かっていては、それもなかなかむずかしい。

母親は、目鼻立ちも肌《はだ》の色も赤い髪《かみ》も、あごのとがった小さな顔の輪郭《りんかく》にいたるまで、ジャックにそっくりだ。だが、ジャックの顔があけっぴろげで親しげなのにくらべ、この女性《じょせい》の顔は、閉鎖的《へいさてき》で、鉄仮面《てっかめん》のように無表情《むひょうじょう》だ。

ただ、ジャックのファッションセンスがだれのものかは、はっきりした。母親はピンクと白の花模様《はなもよう》の綿《めん》のシャツを着て、ピンクの高級そうな生地《きじ》のパンツをはき、かかとの低い白いやわらかそうな革《かわ》の靴《くつ》をはいている。赤毛の髪《かみ》はオールバックにして、幅《はば》の広い、いかにも高そうなヘアーバンドでとめ、あらわになった耳からは、どう見ても本物らしい大粒《おおつぶ》の真珠《しんじゅ》のイヤリングがぶらさがっている。しかも、これが家に居《い》る時のかっこうなのだ。

それにひきかえ、今ごろうちの母さんは、色あせた黒のジャージをはいて、七〇年代にはやったヒッピーのロックバンドの名前が書かれたダブダブのTシャツなんか着ているんだろう。

居間《いま》に案内され、あまりすわりごこちのよくないソファーにすわり、わたしはおそるおそる部屋の中を見まわした。まるで美術館《びじゅつかん》だ。ソファーのカバーもじゅうたんも、だれもふれたことがなさそうなほどきれいだし、家具は新品みたいにピッカピカにみがかれている。窓《まど》のそばのテーブルには、額《がく》にいれられたたくさんの写真がおかれている。わたしは立っていって、近くで見てみた。

なんと、それはすべて、ジャックがチェロを弾《ひ》いている写真だった。四、五歳《さい》くらいにしか見えない写真もある。小さな腕《うで》を自分の体より大きな楽器に巻《ま》きつけ、かわいいまゆをキュッとよせて、一心《いっしん》に演奏《えんそう》している。ほかの演奏家《えんそうか》たちと並《なら》んで立っている写真もあるが、ジャックの支《ささ》えている小さなチェロのとなりで、おとなの演奏家《えんそうか》の持つチェロが恐《おそ》ろしいほど巨大《きょだい》に見える。また、何かのコンクールに優《ゆう》勝《しょう》したときのもある。

全部で十五枚《まい》ほどの写真は、みんな豪華《ごうか》な銀の額縁《がくぶち》にいれられているのだが、ジャックが笑っている写真は一枚《まい》もない。この小さな音楽家が決して幸せだとはいえないことは、心理学者でなくてもすぐわかる。

だれかが部屋に入ってくる足音がしたので、わたしはジャックだと思ってふりむいた。

ところが、現《あら》われたのは小さな老人だった。ほんの少し猫背《ねこぜ》で顔はしわくちゃだが、目は明るくキラキラ輝《かがや》いている。深緑色のカーディガンを着て、古いが手入れの行き届《とど》いたツイードのズボンをはいている。わたしを見ると、老人はにっこり笑ってうなずいた。

タバコをふかしたときの、まだ暖《あたた》かい煙《けむり》のにおいがした。だが、老人を見つめるうちに、ハッと気づいた。体がなんとなく平面的《へいめんてき》で、まわりにエネルギーがブンブンうなりをあげている。

この老人は、亡霊《ぼうれい》だ。

さて、ここからがおかしなことなのだが、わたしは生きている人間より、死んだこの老人といっしょにいたいと思ったのだ。だって、老人の態度《たいど》はとっても親しげで、彼《かれ》の放《はな》つ霊気《れいき》は知的で喜びにあふれている。

この老人の声を聞いてみたい。冗談《じょうだん》でもいいあったら、どんなに楽しいだろう。もちろん、そんなことでもしようものなら、精神《せいしん》病院行き。でも、とにかくこの老人は、今まで出会った亡霊《ぼうれい》の中で、もっとも愛すべき霊《れい》だ。老人はキラキラ光る瞳《ひとみ》で、まるで孫娘《まごむすめ》でも見るように、もう一度わたしにうなずいた。

「キャット！」

その声と同時に、床《ゆか》が、ちょうど調子の悪いエレベーターみたいに、ほんの少し揺《ゆ》れたような気がした。見れば、ジャックが居間《いま》の入口に立っていて、たった今あの老人が立っていた空間をつっきって、部屋に入ってくる。

「なんでこんなとこにいるのよ？」

「わたしが来て、うれしくないの？」とわたしは聞いた。

ジャックは、わたしの二《に》の腕《うで》を両手でガシッとつかむと、ギュウッとにぎりしめた。

「うれしくないわけないじゃない！　ただ」と、ジャックはわたしに顔を近づけ、声を低くした。「うちの母、予告《よこく》なしに人が来ると、ストレスでまいっちゃうの。だから、わたしの部屋に行こう」

ジャックはわたしを居間《いま》から追いだすと、だまって廊下《ろうか》を先に歩いていった。廊《ろう》下《か》の壁《かべ》には、大きな鳥の版画《はんが》がたくさん飾《かざ》られている。きっちりと同じ間隔《かんかく》をあけて、左右の壁《かべ》に八枚《まい》ずつ。ほこりひとつなく、すべてが完璧《かんぺき》で、息をするのもはばかられるほどだ。

わたしはジャックについて、つま先立って歩いていった。ジャックが廊下《ろうか》の突《つ》き当たりのドアを開けると、わたしはおとなしく中に入った。

ジャックの部屋もまた、すべてがきちんと配置され、計画的に飾《かざ》られた感じだった。それでも、やっぱり、あちこちにジャックらしさが見えた。ベッドの上には週《しゅう》刊誌《かんし》が開いたままになっていて、最近結婚《けっこん》したスターの特集記事や、美容整形《びようせいけい》の手術前《しゅじゅつまえ》と手術後《しゅじゅつご》のおどろくべき写真、なんていうのが見えている。

わたしはうれしくなって叫《さけ》んだ。

「ジャック、そんなおとなっぽい雑誌《ざっし》読んでるの？　この不良少女《ふりょうしょうじょ》！」

ジャックがシーッと人さし指を立て、あわててドアを閉《し》めた。

「ちょっと、大声ださないでよ。わたしがこんなもの読んでるのを知ったら、うちの母、怒《いか》りで髪《かみ》の毛、ハリネズミみたいに逆立《さかだ》てちゃうよ」

思わず笑いだしたわたしは、ジャックの顔を見て、それがまんざら冗談《じょうだん》ではないことを知った。

「でも、……それじゃあ、お母さん、ちょっときびしすぎない？」

「わざときびしくしてるわけじゃないの」ジャックはベッドにストンと腰《こし》をおろし、わたしにとなりにすわるように、ベッドの上をたたいた。「たとえば、こんなとこかな？　百科事典の『世代《せだい》の断絶《だんぜつ》』の項目《こうもく》に、うちの母のカラー写真がのってる、みたいな」

「なるほど！　だとすると、うちの母さんの写真は、なんて項目《こうもく》にのることになるのかしら？」

ジャックがニヤッと笑う。

「で、どうしたの？　キャット。きょうは、生物学の勉強を一日じゅうやるつもりかと思ってたけど」

わたしは大きなため息をついた。

「そのつもりだったのよ。今もそのつもりだけど。でもね、じつはけさ、図書館に行ったの。聞いてよ、そこで何が起こったか」

わたしはジャックに、図書館でのことを包《つつ》み隠《かく》さず語った。怪奇的《かいきてき》な出来事も、怪奇的《かいきてき》じゃないほうの出来事も。ジャックは一度も口をはさまずに聞きいっていたが、スザンナ・ベニスがフルートを持って現《あら》われた場面まで来ると、ますます目を丸くした。

「スザンナ、どんなふうに見えた？」

「卒業写真とまったく同じ。やつれた顔も、服装《ふくそう》もね。生きてるときもずっと同じものを着てたんだか、それとも、霊《れい》があの服を着てたときにこだわってるんだか、わからないけどね」

「ふうん、それで、消えたあとは？」

「何も、たいしたことは起こらなかった。火災報知機《かさいほうちき》が鳴りだして、セキュリティーの人たちが来て、本物の火事じゃないこと確《たし》かめるまで図書館を出られなかったの。そのあとは、すぐ逃《に》げだしてここに来たのよ」

ジャックは何か考えているようだったが、こう聞いた。

「スザンナが消えたのは、火災報知機《かさいほうちき》が鳴る前？　それとも、後？」

「前よ。わたしの目の前で、フッと消えたの。そのあとに、火災報知機《かさいほうちき》が鳴った」

「ということは、スザンナは、いいたいこと、いっちゃったってこと？」

「そう思う。ただね、ひとつ、よくわかんないのは、スザンナが、ほんとうにわたしのとこに現《あら》われたのかどうかってことなの」

「どういう意味？」

わたしはため息をついた。

「いったでしょ？　わたし、そのとき、ほら、ブルックリンをおどかしてたから」

「魔術師《まじゅつし》の真似《まね》をしてね？」

「そう。自分でもバカみたいって思いながらね。ジャック、あのブルックリンの顔、見せたかったわ。あのブランドでかためた魔女《まじょ》が、みるみるかたまっちゃって、手も足もでなくなったんだもの」

「で、そのあと、スザンナが現《あら》われた。だから、あなたは、スザンナが自分であなたのところへ来たのか、あなたに呼《よ》びだされたと思って現《あら》われたのか、わからないわけだ？」

「ひと言でいえば、そうよ」

「今、わたしたちに何が必要か、わかる？」とジャックはいうと、ベッドから足をおろした。

「わたしたちの体験を、テレビ局に売る？『ほんとうにあった怖《こわ》いこと』に」

ジャックはギョッとした顔を向けた。

「それはやめよう。もし、うちの母がそんな番組があること知ったら、絶対《ぜったい》、『金縛《かなしば》りにあった若《わか》きチェリスト』を売りこみに行くに決まってるもん。キャット、そんなんじゃなくて、わたしたちに必要なのは、情報《じょうほう》」

ジャックは自分の机《つくえ》のところに行くと、ノートパソコンを開いて電源《でんげん》をいれた。

それから、イスに腰《こし》をおろした。

「何するの？」とわたしは聞いた。

「来て」

画面におなじみのマークが現《あら》われると、ジャックは器用な手つきで何か打ちこんだ。

「パスワードはなんなの？」

「バーレイ」インターネットとつながるまで、ジャックはイスの背《せ》にもたれて待った。

「バーレイコーンのこと？　ビールみたいな飲み物の？」

「マシュー・バーレイのバーレイよ」と、ジャックが壁《かべ》の写真を指さした。

かっこいい男の子の白黒写真だ。しかも、なんとチェロを抱《かか》えている。

「クラッシック音楽の演奏家《えんそうか》の中で、ダントツ男っぽいチェリストよ。CDも二枚《まい》持ってるんだ。よーし、準備《じゅんび》OK。グーグル検索《けんさく》するよ」

わたしもベッドからおりると、ジャックのそばの小さなイスにすわった。

「何を検索《けんさく》するの？」

「わたしたちの学校だよ。ホームページが絶対《ぜったい》ある。いろんなこと、のってると思うよ」

ジャックのいうとおり、学校のホームページが見つかった。校章《こうしょう》の輪郭《りんかく》の中に、最近の学校の写真が掲載《けいさい》されている。学生生活、教職員《きょうしょくいん》、スポーツ、学校の沿革《えんかく》などの項目《こうもく》がある。

学校生活のページには、元気いっぱいで楽しそうな生徒のさまざまなスナップ写真が掲載《けいさい》されていたが、案《あん》の定《じょう》、ショシャーナが崇拝者《すうはいしゃ》たちに囲まれている写真が二枚《まい》もあった。

わたしたちは画面に顔を近づけ、それぞれの項目《こうもく》の見出しを読んでいった。

「うーん、ここには、さまよえる霊《れい》については書いてないなあ」とジャックがいった。

「当然でしょ」

わたしはイスから立って、壁《かべ》にかかったマシュー・バーレイの写真を見にいった。見れば見るほどかっこいい男の子だ。

「あっ、あった。ここに！」とジャックが叫《さけ》んだ。

「え？　何、何？」

「ほら、ここに書いてある。わが校は、郡でもっとも歴史《れきし》の長い教育機関である」

わたしはマシューの写真の前で、目玉をまわしてみせた。

「へえ、そりゃ、前代未聞《ぜんだいみもん》だ」

「だまって聞いてよ、まじないばあさん。かんじんなのはつぎよ。『当校は、一八二〇年にこの場所に建てられて、現在《げんざい》までつづいているが、たった一度、三週間だけ閉校《へいこう》した。それは、一九六〇年、この地域《ちいき》に髄膜炎《ずいまくえん》が流行したとき……』だって」

「一九六〇年？　それって、スザンナが亡《な》くなった年よね？」

ジャックが、画面を見ながらうなずいた。さらに、二、三度スクロールして記事を見ている。

「このページの検索《けんさく》にスザンナの名前をいれてみよう。きっとあるんじゃないかな。だって、在校中《ざいこうちゅう》に亡《な》くなってるんだから」

わたしは、しぶしぶマシュー・バーレイの写真の前から離《はな》れて、ジャックの検索《けんさく》につきあった。

検索結果《けんさくけっか》は、「ベニスに合致《がっち》するものなし」。

「ないわね。もしあったら、簡単《かんたん》すぎるものね」とわたしはいった。

「たぶん、学校がのせたくないんだね。いくら何十年も前のことだって、自分の学校の生徒が死んだことなんて、だれも知りたくないしね」

「でも、もし髄膜炎《ずいまくえん》のために亡《な》くなったんだとしたら、だれのせいでもないわけじゃない？　だって、昔はいろんな流行性《りゅうこうせい》の病気があって、子どもはよく死んでたのよ。『若草物語《わかくさものがたり》』読んだことあるでしょ？」

「ああ、あの本、つらかった！　姉妹のひとりが死ぬってわかってたら、絶対《ぜったい》読み始めなかったよ」

「わかる。わたしも同じように感じたもの」

「結局、このホームページには、たいした情報《じょうほう》はなかったな、髄膜炎《ずいまくえん》以外は」そういいながら、ジャックはまだ画面をスクロールしている。「あ、図書館の地下二階に、学校の過去《かこ》の資料《しりょう》が保管《ほかん》されてるらしいよ。よし、今度行って調べなきゃ」

「すっごーい！　霊《れい》にとりつかれた図書館じゃ満足できなくて、その地下二階のくら—い資料室《しりょうしつ》に行こうっていうのね？」

ジャックがおどけて肩《かた》をすくめた。

そのとき、ジャックの母親の呼《よ》ぶ声が聞こえた。ジャックがビクッと身をすくめる。ドアが開き、母親の顔がのぞいた。まさに、トラウマを抱《かか》えた幼《おさな》い子どもの見本みたいな顔だ。

「ジャッキー、わたしが呼《よ》んでるのが聞こえなかったの？」

「気がつかなかった。だって、わたしたち……」

「きっと、時間をわすれてたんでしょうね。あと四十五分後にレッスンよ。まだチェロのチューニング、やってないみたいけど。ウィッテンコート女史《じょし》のレッスンは、とてもとてもたいせつなのよ、ジャッキー。どうして、そんなわかってるはずのことをあなたにくりかえしいわなくちゃならないのか、わたしにはわからないわ」

わたしはイスから跳《と》びあがった。母親に、「ジャックはジャッキーと呼《よ》ばれるのがきらいなんですよ」といってやりたいと思ったが、考え直した。母親は、そのことをとっくに知っているような気がしたからだ。

「今、帰ろうと思ってたところなんです」とわたしはいった。

だが、母親も娘《むすめ》も、わたしのいうことなど聞こえていないようだ。

ジャックがいきなり、強い調子でいった。

「母さん、ちょっと待ってよ。友だちがいるんだよ、今」

母親は興奮《こうふん》を無理におさえつけるように、鼻からゆっくりと音を立てて呼吸《こきゅう》をした。くちびるはギュッと真一文字《まいちもんじ》に閉《と》じられている。それから、ドアを閉《し》めて去っていった。

ジャックがうなる。

「まったく！　ごめんね」

「いいのよ。玄関《げんかん》まで送ってくれる？」

ジャックはわたしと腕《うで》を組んで、鳥で飾《かざ》られた廊下《ろうか》を通り、玄関《げんかん》まで送ってくれた。母親は出てこなかった。

「電話するね」とジャックがいった。

「わたしがするまで待ってて。あ、そうだ。ねえ、ジャック」ドアから出る直前、わたしは小声でいった。

「何？」

「この家、霊《れい》がいるわよ」

13 霊《れい》の呼《よ》びだし

にせの呪文《じゅもん》でブルックリンをおどかしたことについて、わたしはずっと気がとがめていた。そこで、母さんが土曜のブランチに、バナナ入りホットケーキと大豆《だいず》のソーセージを焼いてくれたとき、思いきってそのことを話してみることにした。もちろん、仮定《かてい》の話としてだ。

「ねえ、母さん?」

ガウン代わりに、色あせた紫色《むらさきいろ》の日本の着物を着た母さんは、食卓《しょくたく》のふたりの皿に大豆《だいず》ソーセージを取りわけていたが、目を輝《かがや》かせ、「なーに?」という顔でほほえんだ。

「質問《しつもん》があるんだけど。もちろん、仮定《かてい》の話ね」

「はい、仮定《かてい》の話ね」そういいながら、わたしの皿をわたしの目の前におき、イスを引いて席にすわった。

「あ、ホットケーキのシロップ、気をつけて。熱いわよ」

「うん」

わたしは、うっかりホットケーキに大量のシロップをかけ、ソーセージまでシロップ浸《びた》しにしてしまった。

「たとえばの話なんだけどね、仮《かり》に、すっごく心の狭《せま》い人物を相手にしてるとするじゃない？　ほら、すぐ人をきらったり、憎《にく》んだり、文句《もんく》いったりする、そんな人。それで、そういう人にかぎって、ものすごくお金持ちで、毎日いい服ばっかり着てきて、自分よりちょっとでも生活レベルの低い人を見つけると、いじめたり、バカにしたり、仲間はずれにするの」

「ありそうな話ね」母さんは、ヨーグルトから作ったバターを、小麦粉ぬき卵《たまご》ぬきのベーグルの上にのばした。「今この瞬間《しゅんかん》にも、この国のどこかの州のどこかの町で、こんな会話をしてる人たちがいそうだわ」

「そうなの、母さん。でも、ちょっとちがうところがあって、もうちょっと、ややこしいのね。その子は、あんぽんたんクラブのメンバーでもあるの」

「あんぽんたんクラブ？」煙《けむり》みたいな香《かお》りのする中国のラプサンスーチョンティーを熱そうにすすって、母さんがいった。「そういうのは、あまり聞かないような気がするわね」

「そりゃそうよ。きのう、わたしが命名《めいめい》したばっかりだもの。そこで、そこでよ。あ、もちろん仮定《かてい》の話ね」

「ええ、仮定《かてい》の話」と、母さんはちょっとほほえんだ。

「その仮定《かてい》の話で、その子はあんぽんたんクラブの会員なの。それで、そのクラブは何をするのかというと、自分たちのまわりのいろんなことに首をつっこんで、世《せ》間一般《けんいっぱん》に認《みと》められていることの範囲《はんい》から、ほんのちょっとでもはずれていることをさがしだすの」

「ああ、スペインの異端審問《いたんしんもん》ね。カトリック教会が十五世紀から十九世紀までつづけてた、一方的に異端《いたん》を裁《さば》いた裁判《さいばん》。その話だとは思わなかったわ」母さんは、あいかわらずほほえみながら、ティーカップを両手で包《つつ》んで手を温めた。

「うん、母さんの理解《りかい》、なかなかいい線いってるけど、それはちょっと古すぎるよ。わたしが話してるのは……」

「もちろん、仮定《かてい》の話よね？」

「そう。そして、現代《げんだい》の話。それで、もう少し正確《せいかく》にいえば、きのうの話なの。でもって、そんなクラブに入っている者が、世間一般《せけんいっぱん》のルールにはずれてるって思う者を見つけた場合、ある種の攻撃《こうげき》にでるわよね」

「攻撃《こうげき》というと……」

「魔女《まじょ》とか、詐欺師《さぎし》とかいうことばで非難《ひなん》したり、いいふらすとか、村八分《むらはちぶ》にするといっておどかすの。あ、それに、なんてったっけ……、『ヒッピー生活援助金《えんじょきん》』

とかいうのを受けてる学校へ転校しろっていうの」

「まあ」母さんは、ティーカップをおいた。「キャット、それ、だれかが実際《じっさい》に、あなたにいったんじゃないでしょうね」

「これ、まだ仮定《かてい》の話。それで、たとえば、いわれたほうの子がとうとう頭にきちゃって、ちょっとからかってやろうと思ったとするよ。もうここまで来ると、どっちもどっちなんだけどね。それでその子、亡霊《ぼうれい》を呼《よ》びだすとかいって、いいかげんなおまじないをやったの。その迫害者《はくがいしゃ》をおどすためにね」

「で、どうなったの？」

「おもしろいほどの効果《こうか》を生んで、迫害者《はくがいしゃ》は気が狂《くる》ったみたいに怖《こわ》がって、防火扉《ぼうかとびら》から逃《に》げてった。火災報知機《かさいほうちき》を鳴らして」

母さんはイスの背《せ》にドサリともたれた。ほんのちょっぴり楽しんだようにも見えるが、考えこんでいる。

「そうねえ、キャット、もし、その仮定《かてい》の迫害者《はくがいしゃ》が、詐欺師《さぎし》ということばを使ったとしたら、それはおそらく、あなたやわたしを非難《ひなん》してるんだと思うわ。亡霊《ぼうれい》と交流ができるみたいに見せかけてるって」

わたしはうなずいた。今さら、仮定《かてい》の話だ、などと逃《に》げることはできない。たぶん、母さんはとっくに、図書館で起こったことの意味を、わたしよりはっきりと知っていたのだ。そこに居《い》もしなかったのに。

「もし、だれかが、あなたがうそをついていると非難《ひなん》して、それがあなたの人格《じんかく》に関することなら、それは攻撃《こうげき》されたわけだから、防衛《ぼうえい》する必要があるのかもしれない。でも、その子をあなたが怖《こわ》がらせたってことは、その子だって心の奥《おく》では、そんな力が存在《そんざい》するということを信じてるという証拠《しょうこ》なのよ。でも、あなたの能力《のうりょく》をどんなふうに使うかについては、ものすごく慎重《しんちょう》にしなくちゃならないわ。もし、それをあなたの武器《ぶき》として使ったとしたら、そんなつもりじゃなかったとしても、とてもややこしい立場におちいることになるから。

キャット、何事にも両面があるわよね。つまり、すべての物事の明るい面には、必ず暗い面が対応《たいおう》しているわけ。よい力があれば、それに対応《たいおう》する悪い力もあるのよ。ちょうど、「スターウォーズ」のジェダイとシスみたいに。この相反《あいはん》する両方の力があるという考えは、古くからある真理よ。そんな話は、神話にもあるわ。でもね、あなたが自分の能力《のうりょく》をだれかをおどすために使うことは、ほんの冗談《じょうだん》のつもりだとしても、明るい面のエネルギーと暗い面のエネルギーを混《ま》ぜ合わせてしまうことになるの。キャット、あなたは徹底《てってい》して、明るいエネルギーの側にいなくちゃならない。つまり、あなたの能力《のうりょく》を使う場合のただひとつのルールは、必ず人を助けるために使うということ。だから、その、あんぽんたんクラブがうるさくいってくるような場面は、できるだけ知らん顔するしかないわね」

「邪道《じゃどう》じゃなくて、正道《せいどう》を行くべきだってこと?」わたしは、ホットケーキの皿にさらにシロップを注いで、ホットケーキ島をあまーい海でとり囲んだ。「魔女《まじょ》だの詐欺師《さぎし》だの、好きなように呼《よ》ばせといて、それがまちがいだってことを証明《しょうめい》する必要も感じちゃいけないのね」

母さんは、肩《かた》をすくめて話し始めた。

「わたしも、あんぽんたんクラブの創立者《そうりつしゃ》みたいな人たちにはさんざん出会ったから、あなたがどんなにいやな思いをして、どんなに怒《いか》りを覚えたか、わかるわ。それに今度の場合、実際《じっさい》には何も悪いことは起こっていないと思う。でも、あなたがマイナスのエネルギーと関係して、それを使ったことは確《たし》かね」

母さんのいうことをきちんと理解《りかい》したかどうか、自分でもよくわからないが、わたしのやったことに対する褒《ほ》めことばでないことだけはわかる。わたしはできれば、まだ仮《かり》の話として話をつづけたかったが、ここまできては、それはもう無理だ。

「母さん、問題はね、ブルック……そのあんぽんたんクラブのメンバーが逃《に》げだしたあとのことなの。わたしのにせの霊《れい》の呼《よ》びだしがほんとうに効《き》いちゃったらしくて、突然《とつぜん》、スザンナ・ベニスが現《あら》われたのよ」

母さんはティーカップをテーブルにおくと、話の真偽《しんい》を見定《みさだ》めるかのように、じっとわたしの顔を見た。

「つまり、あなたは、偶然《ぐうぜん》にその霊《れい》を呼《よ》びだしてしまったんじゃないかって、思ってるのね？」

わたしは、だまってうなずいた。

「その霊《れい》、現《あら》われたとき、何かした？　何かいった？」

そのときのことを正確《せいかく》に思いだせるよう、わたしは目をつむって話し始めた。

「そのとき、スザンナはまちがいなく、わたしを見てた。わたし、どうしなくちゃいけないのか、何を期待されてるのか、わからなかったの。前の晩《ばん》に母さんと話したとき、そのこと、話しあってなかったから」

目を開けると、母さんはうなずきながら、ほんの少し首をかしげている。母さんの足もとに寝《ね》そべっていたマックスが、大きな顔をあげて母さんを見た。

「それで、わたしが自己紹介《じこしょうかい》みたいなことをしたら、スザンナがしゃべって……」

「しゃべったの？」母さんが、おどろいたように口をはさんだ。

わたしは、うなずいてから聞いた。

「それって、変なこと？」

「そうともいえるわ。実際《じっさい》に声をだすってことは、たいへんな量のエネルギーを要《よう》することなの。霊《れい》は、姿《すがた》を現《あら》わすときに、すでにたくさんのエネルギーを使ってるから、ふつうは、ことばをかわすっていっても、まず心のレベルで起こるものなのよ。テレパシーみたいなね。霊《れい》の呼《よ》びだしがそうでしょ？　声が聞こえるにしても、断片的《だんぺんてき》なひと言、ふた言。しかも、だれかの口を借りるのでなければ、とてもむずかしいわ。で、スザンナはなんていったの？」

「そこんところになると、ますますヘンテコなんだけど、スザンナは、じっとわたしを見てね、自分が死んでるって、もう知ってるっていったの。それから、すぐに消えちゃった。ねえ、母さん、スザンナは、わたしに呼《よ》びだされたと思って現《あら》われて、でも、わたしがそのつもりじゃなかったことがわかったから、消えたの？　それとも、図書館にわたしがいる気配《けはい》がしたか何かで、自分から現《あら》われたの？　わたしがふざけて力を使ったりしたから、何かおかしいことになっちゃったの？　母さん」

母さんは首をふった。ソーセージのひと切れを、皿の上でホッケーみたいにすべらせている。

「そうではないと思うわ、キャット。直感的《ちょっかんてき》に、ただそう思うだけなんだけど。スザンナは、自分の領域《りょういき》の中へあなたが入ったことを感じて、現《あら》われたんだと思う。あなたが呼《よ》びだしたんじゃなくて、スザンナのほうがあなたをさがしだしたのよ。何かが、スザンナをあなたに引きつけたのね。それに、スザンナが、自分が死んでることを知ってるといったのは、あなたの力を借りてあちらの世界にみちびかれる必要はないということを、知らせるつもりだったんでしょうね。自分が死んでることを知ってるってことは、自分からわざわざこの世に出てきたってことよ。迷《まよ》い出てきたんじゃなくて」

「てことは……」

「つまり、スザンナがもとめていることは、あの世に行くこととは、まったくちがったことだわね。それが何か知るための唯一《ゆいいつ》の方法は、スザンナと、安全なところでちゃんとした交流をすること。時間に縛《しば》られずに、あんぽんたんクラブのだれにも踏《ふ》みこまれる危険《きけん》のない場所でね」

「それって……」

「要《よう》するに」母さんは、最後のティーをグッと飲みほしていった。「あなたが自分で、スザンナの霊《れい》を呼《よ》びださなきゃならないってことよ」

14　古い写真

つぎの日、ジャックの家に電話をかけたが、ジャックはいなかった。わたしは電話のそばでしんぼう強く待った。日曜日の午後なんかに、ジャックはいったいどこに出かけているんだろう。

昨夜遅《おそ》くまで母さんと話しあい、やるべきことがわかったので、わたしはそれをやりとげたいと思っていた。あすの昼休み、ジャックといっしょに学校の資料室《しりょうしつ》に行って、必要な情報《じょうほう》をすべて手にいれる。スザンナの霊《れい》を呼《よ》びだす前に、なんとしてもそうしなければならないのだ。わたしは、ちょうど予防注射《よぼうちゅうしゃ》の予約をしたときみたいに、うれしくない期待のせいで、気が重かった。

ジャックがやっと電話をくれたのは、夕食の直前だった。母さんは、シバムギのタコスとヒヨコマメのペーストというお得意《とくい》の料理を、ちょうど仕上げたところだった。念《ねん》のためにいうと、この料理は、名前から受ける印象よりずっとおいしい。電話が鳴ると、母さんは身ぶり手ぶりで、ごはんのことは気にしないでいいわよ、冷めてもたいしたことないから、とわたしに伝えた。

わたしは電話をとるなり、ジャックにいった。

「あんまり遅《おそ》いから、あなたのお母さんがわたしの伝言《でんごん》を伝えてくれてないんじゃないかって、心配してたのよ」

「母も、そこまではやんないよ。コンサートの契約《けいやく》なんかについては、プロの交渉《こうしょう》人《にん》とやりあえるくらい抜《ぬ》け目ないけど、わたし個人《こじん》の生活には口をはさまないの。というより、実際《じっさい》には、あなたと会う前は、わたし個人《こじん》の生活なんてほとんどなかったんだけどね」

「光栄《こうえい》だわ」わたしは心からそういった。

「こちらこそ」

「で、きのうのチェロのレッスンはどうだったの？」

「それなんだよ、キャット。聞いても信じられないと思うよ。そりゃ、もう、すごいんだから！」

「ほんと？　チェロ、弾《ひ》いたの？」

「そうじゃないの。チェロは、音符《おんぷ》ひとつ弾《ひ》かない。いつものとおり何もしなかった。ただ、行く途中《とちゅう》でダンキンドーナツに寄《よ》って、あの膀胱《ぼうこう》破裂《はれつ》の五百ミリリットルのアイスコーヒーを飲んじゃったんだよ。だから、レッスンの時間が始まって四十分たつと、ものすごーくトイレに行きたくなっちゃったわけ」

「なるほど」

しかし、こんな話のどこに、すごい！　といえるようなものがあるんだろう。

「ていうのはね、ウィッテンコート女史《じょし》の家で、それまでトイレを借りたことなかったの」

「あら、そう！」

トイレ？　ジャックがなんの話をしようとしているのか、見当《けんとう》がつかない。

ジャックがつづけた。

「で、行ってみると、うす暗い廊下《ろうか》にたくさん写真が飾《かざ》られてるの。どうせ時間をつぶさなきゃならないわけだし、わたし、トイレを借りたあと廊下《ろうか》に立って、目が慣《な》れてくるまで、じーっと写真を見ていたの」

「何か、エッチな写真だったの？」

頭の中に、ウィッテンコート女史《じょし》とやらの水着の写真が浮《う》かんできて、吹《ふ》きだしそうになった。

「まさか！」ジャックの声は怒《おこ》っている。「キャット、まじめに聞いてよ。写真には演奏家《えんそうか》が写ってたんだよ。最近のから、ずっと昔のまで。それで、古い写真を見てるうちに、なんと、わたしたちのよーく知ってる顔がフルートを吹《ふ》いてる写真を見つけたの！」

「まさか、スザンナ・ベニス？」

「そのとおり！　四、五枚《まい》はあった。しかも、それだけじゃないの。ウィッテンコート女史《じょし》とスザンナが合奏《がっそう》してるのもあったんだから！」

「でも、スザンナが亡《な》くなったのは五十年も前よ！　ジャック、合奏《がっそう》なんて不可能《ふかのう》じゃない？」と、わたしは大声でいったものの、不可能《ふかのう》じゃなければいいのにと考えていた。そうなれば、ウィッテンコート女史《じょし》は、スザンナとつながりのある貴重《きちょう》な生存者《せいぞんしゃ》ということになる。

「不可能《ふかのう》じゃないよ、そんなこと。数学的天分《すうがくてきてんぶん》がなくても、わかるよ」とジャックが反論《はんろん》した。

「数学《すうがく》、何？　もう一度いってくれる？」

「たとえば、スザンナが亡《な》くなったとき、ウィッテンコート女史《じょし》が二十代後半だったとするよ。とすると、今は七十代半《なか》ばってことになるでしょ？　ねえ、まじないばあさん、現代人《げんだいじん》はそれくらい長生きするんだよ。とにかく、わたし計算する必要なかったの。ていうのは、きょう、またウィッテンコート女史《じょし》の家に行ったからよ。チェロを持たずに行ったから、女史《じょし》はだいぶおどろいてたわね。でも、中にいれてくれて、レモネードまでだしてくれた。わたしは、思いきって廊下《ろうか》の写真についてたずねたの。スザンナの写真を古い卒業アルバムで見たんだけど、廊下《ろうか》に同じ女の子の写真がありますねって。そして、そのことについて話してくれるように、ちょっと、せっついたの。それで何がわかったか、キャット、きっと信じられないだろうなあ」

わたしは考えようとしたが、頭がクラクラした。

「キャット？　聞いてるの？」

「聞いてるわよ。今、頭の中のデータを更新《こうしん》してたとこ」

「じゃ、いうよ。ウィッテンコート女史《じょし》は、スザンナ・ベニスのフルートの先生だったんだよ！」とジャックが発表した。

「でも、チェロの先生じゃないの？　今は」

「女史《じょし》はなんでもおしえてるの。バイオリンをおしえてるのも知ってるし、フルートもおしえてるらしい。前にもいったように、女史《じょし》自身は有名なチェリストだったの。当時は、大きなコンサートをたくさんやってね。とにかく女史《じょし》がいうには、スザンナは、自分が出会った中でもっとも才能《さいのう》あるフルート奏者《そうしゃ》だったって。それで、わたし聞いたんだよ、スザンナに何が起こったのかって。女史《じょし》がずいぶん長いあいだ、だまりこんでしまったから、しつこく聞きすぎちゃったかなあって思ってると、とうとう話してくれたの。スザンナは、とても重い病気にかかって亡《な》くなった。そして、それは、たいへんな打撃《だげき》だったって。さらに、こうもいったの。突然《とつぜん》スザンナが消えてしまって、残ったのは、スザンナの名前を冠《かん》した奨学金制度《しょうがくきんせいど》だけになってしまったって」

「音楽の奨学金《しょうがくきん》？」

「そう。でも、それ、一度も聞いたことがないの。そんなふうな制度《せいど》なら、うちの母が、それこそ命がけでさがしまくってたから、信じられないんだよね。母は、半径八十キロ以内のすべての賞とコンクールを把握《はあく》してたはずよ。娘《むすめ》の学校の奨学金《しょうがくきん》のこと、母が知らなかったなんて、理解《りかい》できないなあ」

「じゃあ、いっしょに考えましょうよ」腹《はら》の虫は声高く鳴き始めていたが、今は、ごはんのことを考えている場合ではない。「ウィッテンコート女史《じょし》はスザンナの先生だった。それから、スザンナは病気になった。たぶん、髄膜炎《ずいまくえん》よね。スザンナは非常《ひじょう》に才能《さいのう》のある演奏家《えんそうか》で、ウィッテンコート女史《じょし》はそれを知っていた。そして、スザンナの死を悼《いた》んで、音楽の奨学金制度《しょうがくきんせいど》のようなものができた。でも、こんなことが説明になる？　それから四十年以上もたった今なお、スザンナが亡霊《ぼうれい》としてうろついていることの」

「ちょっと、わたしは元天才チェリスト。霊媒師《れいばいし》はそっちでしょ」

「そうだ、そうだ。ありがとう、おしえてくれて」

「それはそうと、お母さんには話した？」

「ええ、話したわ」

「で?」

「で、やんなくちゃいけないって。わたしが、その……、わかるでしょ?」

「ごめん、わかんない」

「霊《れい》の呼《よ》びだしよ。とにかく、スザンナについてわかることはすべて調べて準備《じゅんび》しといて、それから、スザンナの霊《れい》との交流を試みるの。母さんによると、もっともいい時間帯は、夜明け直前。なぜかというと、こちらとあちらの世界のあいだの仕切りが一番うすくなるからだって」

「ウッワー!」

「でしょ? で、問題は、どんなふうにして、それを実行するかってこと」

「化粧《けしょう》して行く」と、ジャックがありがたいアドバイスをくれた。

「いただくわ、そのアイデア。でもね、わたしがいってるのは、霊《れい》の呼《よ》びだしじゃなくて、夜明け前にどうやって図書館に入るかってこと。図書館って、夕方六時まで開いているけど、朝は八時まで閉《し》まってるじゃない? 銀行強盗《ごうとう》みたいに押《お》しいるわけにもいかないし」

「いいじゃん、やれば？」ジャックの声は、たったひとりの親友に重罪《じゅうざい》を犯《おか》せといっているにしては、バカに明るい。ジャックはつづけた。「でなければ、あなたのお知り合いの中に、こんな人、いなかったっけ？　防音設備《ぼうおんせつび》のないマンションに住んでて、近所の住民の平和な生活を妨害《ぼうがい》しないように、学校にたのんで早朝音楽棟《おんがくとう》に入る許可《きょか》をもらってて、たまたま図書館へも通じるその入口から毎朝入ってるって人」

「ジャック！　まさかあなた、学校に入る鍵《かぎ》、持ってるの?!」

「それに関して、多少とも正確《せいかく》にこたえようとすれば、イエスだね」

「その鍵《かぎ》、いつ使えるの？」

「そういわれれば、学校からは、いつ使えていつ使えないかってことは、何も聞いてなかったなあ」

「ねえ、お願い、助けて！　霊《れい》の呼《よ》びだしができるように、わたしを学校の中にいれて」

「やってみましょう。ただ、ブルックリンみたいに逃《に》げださないって約束はできないよ。でも、努力はする。少なくとも、虫が出てこないかぎりね」

「わたし、できるだけ早くやりたいの。ジャック、うまくいえないけど、スザンナがわたしにどんどん迫《せま》ってくるような気がするの。でも、まずは母さんがいったように、スザンナについての情報《じょうほう》を手にいれなきゃ。何がスザンナをいつまでも学校に縛《しば》りつけてるのか、つきとめなくちゃね。わたしが思いつく場所は、あなたが学校のホームページで見つけた資料室《しりょうしつ》。もし、あすの昼休み、わたしたちが昼ごはんぬきで行けば、そこで何か見つかるかもしれない。そしたら、火曜の朝にはスザンナの霊《れい》を呼《よ》びだせる。あなたが夜明け前に、学校に侵入《しんにゅう》させてくれればね」

「そんなに大急ぎでやんなきゃいけないの？」

「うん！」わたしは断固《だんこ》としていった。「スザンナは、自分がわたしに見えることを知ってるわ。そして、もうすでに三度も現《あら》われた。このことが、わたしにものすごく重くのしかかってくるの。ジャック、これって、あなたには想像《そうぞう》できないでしょうね。しかも、わたし、まだこんなことには慣《な》れてないのよ。スザンナを助けて、物事を正常《せいじょう》にもどさなきゃ。あー、生物学のレポートもぜんぜんやってないし。亡霊《ぼうれい》を見るだけでも大問題なのに、そのうえ学業の問題まで抱《かか》えこみたくないわ」

ジャックが、電話の向こうでため息をついた。

「じゃあ、いいよ。あすの昼ごはんは、ぬきにしよう」

わたしは受話器に向かって、大きなキスの音を立てた。

昼休み、わたしたちが資料室《しりょうしつ》に入りたいというと、図書館の司書は、いぶかし気な目を向けはしたが、何も聞かなかった。ただ書類にサインをさせて鍵《かぎ》をわたし、地下二階に通じる通路をざっとおしえてくれた。

そこは、想像《そうぞう》していたような、ほこりまみれクモの巣《す》だらけの場所ではなかった。セメントの階段《かいだん》を下りていくと、防火扉《ぼうかとびら》に突《つ》き当たる。扉《とびら》の向こうは、暗い蛍光灯《けいこうとう》のついた、わりと清潔《せいけつ》そうな通路で、ドアがいくつかあった。

ひとつのドアはボイラー室、もうひとつのドアは、図書館全館の電気のブレーカーが並《なら》んでいる部屋らしい。ふたつのドアには「関係者以外立ち入り禁止《きんし》」の赤い文字がある。

三番目のドアには、黒い文字で「資料室《しりょうしつ》」と書かれていた。中は意外に小さな部屋で、三方の壁《かべ》に、ファイルのびっしり詰《つ》まった本棚《ほんだな》があった。棚《たな》の下にひとつ机《つくえ》があって、オレンジ色のプラスチックのイスがおかれている。天井《てんじょう》の長い蛍光灯《けいこうとう》がチカチカまばたいている。

司書からもらったリストは、ファイルの内容《ないよう》ごとに番号が打たれ、棚《たな》の番号と対応《たいおう》しているようだ。

「わたしたち、何さがしてんだっけ？」とジャックがいった。

わたしはそのリストをジャックの手からとり、オレンジ色のイスに腰《こし》かけた。リストに目を通したが、三ページもあって、目を細めないと読めないくらい小さな文字だ。

「わかんないわ。見れば、何かわかるかと思ってたけど」

「音楽の奨学金制度《しょうがくきんせいど》と関係のあるファイルがある？」

「ないみたい。奨学金《しょうがくきん》についても、音楽についても」

「ちょっと見せて」

わたしはジャックにリストをわたしながら、いらだってきた。スザンナが何を欲《ほっ》しているかがわからなければ、助けられるわけがない。

「音楽棟《おんがくとう》の建築《けんちく》に関するファイルがあるよ」とジャックがいった。

「建築《けんちく》なんて、どういう関係があるっていうの？」

「だって、リストの中で、音楽って文字がついてるのはこれだけなんだもん。見てみたっていいんじゃない？」

ジャックは棚《たな》をさがし、茶色のファイルボックスを引きだした。机《つくえ》の上にそれをのせて、中から書類の束《たば》を取りだした。わたしは上半分くらいを取りわけ、調べ始めた。

「これみんな、音楽棟《おんがくとう》が建ったときの祝賀会《しゅくがかい》の資料《しりょう》みたいよ。新聞の切りぬきとか」

「どれどれ……一九七〇年に建設《けんせつ》された。新しい体育館、講堂《こうどう》、音楽棟《おんがくとう》……。何も新しいこと書いてないね」と、ジャックが資料《しりょう》を読みながらいった。

「そう、何も……」わたしはいいかけて、新聞記事のひとつに目をとめた。「ちょっと、これ。読むわよ。図書館は外壁《がいへき》をこわし、もとの音楽室の位置まで拡張《かくちょう》された」

「え？　今の図書館がってこと？」

「たぶんね。ジャック、つまり今の図書館の一部が、かつて音楽室だったってことよ。これこそ、図書館とスザンナとの結びつきだわ。スザンナは図書館じゃなくて、もとの音楽室に縛《しば》られてるのよ。でも、わからないのは、なぜ死んだあとも縛《しば》られてるかってこと。何がスザンナをこの世に引きとめてるんだろう？」

「わたし前に、テレビの歴史《れきし》スペシャル、見たことがあるんだ。一九四〇年に火事で全焼したホテルの話。再建《さいけん》したとき、新しい床《ゆか》は、もとの床《ゆか》より三十センチほど高かったんだって。そうしたら、ときどき出てくる幽霊《ゆうれい》の足が全部ひざから下が切れてるんだって！」

わたしはジャックの話を聞きながら、残りの資料《しりょう》を見ていったが、何もめぼしいものはなかった。

「キャット、わかった？　幽霊《ゆうれい》たちはみんな、もとの廊下《ろうか》を歩いてたってことだよ。だから、ひざから下がないの、だって新しい床《ゆか》は……」

「ジャック、そのボックスの中に何も残ってないかどうか、見て」

「でも、キャット、わかった？　その幽霊《ゆうれい》が歩いていたのは、古い建物の古い廊下《ろうか》だったのよ」

わたしは手を伸《の》ばし、自分でジャックの前のファイルボックスをとった。それから、ひっくりかえしてふってみた。

封筒《ふうとう》が一枚《まい》、ヒラヒラと落ちてきて、ジャックのひざの上にのっかった。

「まだ、あったんだ」とジャックはいったが、手をふれようとしなかったので、わたしが取りあげた。

うすい封筒《ふうとう》の中をのぞいてみると、紙が一枚《まい》入っているだけだ。古くて黄ばんだその紙を、そうっと引きだした。

タイプ打ちされた表題《ひょうだい》を読んで、わたしは思わず低く口笛を吹《ふ》いた。

「『スザンナ・ウィッテンコート・ベニス記念音楽奨学金制度《しょうがくきんせいど》』だって！」

「ウィッテンコート？」とジャックが聞く。

「これ、奨学金《しょうがくきん》の要項《ようこう》みたい。校内の委員会によって指名された審査員《しんさいん》でしょ……、審査《しんさ》の日程《にってい》……、ほら、ここに、奨学生《しょうがくせい》の名簿《めいぼ》がある。でも、たったひとりよ、一九六一年は。デニス・ラスバーガー。一九六二年のはどこかしら？　その後の奨《しょう》学生《がくせい》のリストは？」

「たぶん、毎年リストを作り直したんじゃないの？」

「でも、ほかのファイルにはないわけでしょ？　一九六一年だけで、やめちゃったのかしら？」

「キャット、ふたりは親戚《しんせき》だったんだよ」とジャックがいった。

「だれとだれが？」

ジャックは、さっきわたしが読みあげた表題《ひょうだい》を指していった。

「ほら、スザンナ・ウィッテンコート・ベニスって。キャット、今まで何回、ウィッテンコートって名前を聞いたのよ？　これって、偶然《ぐうぜん》のはずがない。でも、年齢《ねんれい》からいって姉妹だったとは思えないし。たぶん、ウィッテンコート女史《じょし》はスザンナのおばさんか何かだったんじゃない？　じゃなければ、おばあさん？　とにかく、奨《しょう》学金制度《がくきんせいど》とスザンナとウィッテンコート女史《じょし》、この三つは、なんらかのつながりがある。でも、どうして女史《じょし》はこの前、スザンナと親戚《しんせき》だっていわなかったのかな？　全部話してくれなかったんだとすると、これ以上、どうやって調べればいいんだろう？」

わたしは机《つくえ》の上に広げた書類をよせ集めて、ファイルボックスにもどした。

「スザンナに聞こう、ジャック」

「スザンナに聞く?」

大きく息を吸《す》って、わたしは宣言《せんげん》した。

「わたしたち、スザンナの霊《れい》を呼《よ》びだすのよ」

15
黒い影《かげ》

つぎの朝四時、目覚《めざ》まし時計が鳴ったとき、わたしはもう目が覚めていた。母さんは、わたしがまだ暗いうちから外に出ることにはあまりいい顔をしなかったが、学校の近くまで母さんが車で送る、ということでわたしたちは合意した。

ジャックは、音楽棟《おんがくとう》に入るドアのそばで待っていた。そのドアから入り、音楽棟《おんがくとう》と反対の方向に廊下《ろうか》を進めば、図書館だ。母さんは、わたしたちがドアの鍵《かぎ》を開け、ジャックのチェロを中にひっぱりこむまで、車の中から見ていた。

母さんの車が動きだし、帰っていく。それを見届《みとど》け、わたしはようやく意を決して、ジャックのあとから暗い廊下《ろうか》に入っていった。

夜明け前の校舎《こうしゃ》の中は、なんともいえず気味《きみ》が悪い。きのう最後の授業《じゅぎょう》のベルが鳴ってから何ひとつ変わっていないはずなのに。今聞こえるのは、自分の呼吸《こきゅう》と、スニーカーの靴底《くつぞこ》がキュッキュッと鳴る音だけ。

ここにあるのは、学校のもうひとつの顔。生徒と先生全員が家で眠《ねむ》っているあいだも生きつづける、学校の闇《やみ》の顔だ。

昔、ビックリ箱の映画《えいが》を見たことがある。ハンドルをまわすと、ピエロの顔をした人形が跳《と》びだすあのおもちゃ。ビックリ箱は楽しそうな音楽を鳴らし、ピエロは派手《はで》な服を着て、大きな鼻と赤いほっぺで笑っている。でも、わかる。まちがいなく、わかるのだ。このピエロは、まさに悪の権化《ごんげ》だと。怖《こわ》がらせちゃったら、ごめんなさい。でも、暗い図書館に足を踏《ふ》みいれたときの感じは、まさにそれだった。

一方、ジャックはじつに落ち着いている。何を食べるにも、必ずバイ菌《きん》におかされていないかどうか調べなくちゃ気がすまなくて、蜂《はち》が飛んでいるのを見ると必ず身をすくめ、蛇《へび》にかまれるかもしれないと、体育館まで中庭を近道するのもいやがるジャックが、ここではまったく平気《へいき》なようすをしている。いつ、地獄《じごく》へ通じる門の中へうっかり転《ころ》がりこんでしまうかもしれず、悪魔《あくま》どもが本棚《ほんだな》のかげにうようよかくれていて、わたしたちをねらっているかもしれないのに。

「何するの？　ここで」とジャックが聞いた。うす暗がりの中、小柄《こがら》なジャックの黒い人影《ひとかげ》は、まるで人形のように見える。「スザンナを最初に見た場所に行く？　何か準備《じゅんび》するものがある？　水晶玉《すいしょうだま》か何か、持ってきた？　ここで何か唱《とな》えなきゃならないんだよね？　しまった、わたし朝ごはん食べてきちゃった！　二十四時間は、何も食べちゃいけなかったんだよね？」

わたしはしげしげとジャックを見た。

「あなた、いったいなんの本読んできたの？　妙《みょう》な魔術《まじゅつ》の本、読んできたんじゃない？　そんな変な知識《ちしき》、どこで手にいれたのよ？」

ジャックがしおらしくこたえた。

「本じゃないの。きのう、ちょっとだけ映画《えいが》見たもんだから。その中のシーンに、そんなのがあったなあって」

「映画《えいが》？　なんの映画《えいが》？」

「『夕闇《ゆうやみ》に浮《う》かぶ墓石《はかいし》の影《かげ》』っていうの。とってもおもしろかったんだよ。墓石《はかいし》の影《かげ》にとりつかれた女の子の話で、その子がどこに行こうと、頭の上に墓石《はかいし》の影《かげ》が……」

「ジャック！　これは、サイエンス・フィクションの番組なんかじゃないの。わたしにとっては、命がけのことなのよ！」

「わかってるよ。でもね、映画《えいが》のその子ってね……」

「ジャック！」

「その子、じつはべつの名前の子と……」

「シーッ！」

ジャックがやっと静かになった。

わたしはまた、あの感覚に襲《おそ》われた。この感じは、とてもひと言ではいいあらわせない。頭の皮がピリピリしてきて、心臓《しんぞう》はバクバク、顔がカーッと熱くなる。そして、自分でも、何かに触《さわ》ろうとしてんだか追いはらおうとしてんだかわからないうちに、ひとりでに手が前に出てくる。

館内の空気は、ちょうど滝《たき》のそばでも歩いているみたいに、ますます電気を帯《お》びてきた。沈黙《ちんもく》はどんどん圧力《あつりょく》を増《ま》し、まるでブラックホールのようにこの部屋の闇《やみ》を吸《す》いこんでいる。

そのとき、鋭《するど》い痛《いた》みが右腕《みぎうで》に走った。思わず目をやると、ジャックが四本の指を、命がけでわたしの二《に》の腕《うで》に食いこませている。

「痛《いた》いよ」わたしは声をおさえていった。

「き、聞こえる?」ジャックがささやきかえす。

そのとたん、かすかに聞こえてきた。高い音色《ねいろ》のメロディーが。まるで子どもの歌のように清らかな音だ。

「バッハ」とジャックがささやいた。

「え？」

「バッハの曲。この曲、知ってる。チェロで演奏《えんそう》したこともある」

音楽教育と無縁《むえん》のわたしでも、この音がフルートだということはわかる。

「スザンナが吹《ふ》いてるんだわ」わたしは小声でいった。

それにしても、どうしてジャックに聞こえるんだろう？

だが、わたしが声をだしたとたん、音がやんだ。

「スザンナは、わたしたちに何をしてほしいの？」とジャックが聞く。

「とにかく、あの奥《おく》のテーブルに行こう。スザンナを見た場所に」

わたしたちは用心しながら、書架《しょか》と机《つくえ》のあいだをそろそろと歩いていった。窓《まど》の外は、しだいにピンク色に明けてきたが、中はまだかなり暗い。

例の雑誌《ざっし》のラックのあたりで、何か動く気配《けはい》がする。窓《まど》から入る夜明けのぼんやりした光で、二、三メートル先に、形のはっきりしない黒い影《かげ》のようなものが見えた。

「スザンナなの？」わたしは小声で呼《よ》びかけた。

だが、床《ゆか》から一、二メートルの空中に浮《う》かんでいるどんよりとした影《かげ》は、見慣《みな》れたスザンナの細い体の輪郭《りんかく》とはまったくちがう。

突然《とつぜん》、わたしは恐《おそ》ろしさに息が詰《つ》まった。体が、金縛《かなしば》りにあったようにまったく動かない。でも、この恐怖《きょうふ》をジャックに気づかれたくはなかった。今ジャックに、わたしを置き去りにして逃《に》げられたらこまると、とっさに考えたのだ。

とにかく、すぐにここから立ち去らなければ。あの影《かげ》が近づいてきて、わたしたちを見る前に。わたしたちがだれかを知る前に。

ふたたび何かの動く気配《けはい》。足を引きずって枯葉《かれは》の上を歩くような音。ジャックののどがヒーッと鳴った。『夕闇《ゆうやみ》に浮《う》かぶ墓石《はかいし》の影《かげ》』を見てきたことを死ぬほど後悔《こうかい》してるにちがいない。

影《かげ》は、天井《てんじょう》からぶらさがったパンチバッグみたいに、目の前の空中に浮《う》かんだまま動かない。だが、周囲の空間はひずんで、影《かげ》がまわりの光を吸《す》いこんでいるように見える。

「スザンナ？」わたしはまた呼《よ》びかけてみたが、もう完全に気が動転《どうてん》していた。

「キャット、これ、変だよ」ジャックが泣きそうな声をあげた。まったくこの子は勘《かん》がいい。表彰《ひょうしょう》ものだ。

すぐにジャックの手をつかんで、図書館から逃《に》げだそうとしたとき、後ろのほうから聞き慣《な》れた声が聞こえてきた。

スザンナ・ベニスの声だ。

「なぜ？」ささやきとも、ため息ともつかないスザンナの声。

ジャックが、また骨《ほね》まで届《とど》きそうなほど、わたしの腕《うで》に爪《つめ》を食いこませた。でも、その痛《いた》さがかえってありがたい。少なくとも恐怖《きょうふ》がまぎれる。

わたしは呼《よ》びかけた。

「スザンナ、わたしたち、あなたを助けたいと思って来たのよ。どうしてほしいのか、いって」

「なぜ？」と、またスザンナの声がささやいた。

「あなたを自由にするためよ。何かが、あなたをここに縛《しば》りつけてるんでしょう？　わたしたちにあなたを助けさせて」

「なぜ、やめたの？」と声がいった。

「やめてないわ、スザンナ。わたし、ここにいるじゃないの。おしえてほしいの。いったい何が、あなたをここから離《はな》れられなくしてるの？」

長い沈黙《ちんもく》があった。ジャックは縮《ちぢ》みあがっている。わたしはつばを飲みこんで、呼《よ》びかけた。

「スザンナ？」

「痛《いた》み。それに、罪《つみ》の意識《いしき》。なぜ、彼女《かのじょ》はやめたの？」

「スザンナ、わからないわ」わたしはいらだってきた。「痛《いた》みって、だれの痛《いた》みなの？　なぜ、やめたって、だれが？　何をやめたの？」

それにしても、どうしてスザンナの姿《すがた》が見えないのだろう？　でも、ここで逃《に》げ腰《ごし》になってはいけない。どうやったらスザンナを救えるか、なんとかして見つけださなければ。

だが、恐怖《きょうふ》はますますつのり、わたしは息苦しくてパニックになりそうだ。スザンナの声は、宙《ちゅう》に浮《う》かんだパンチバッグから聞こえてくるのではない。つまり、その浮《う》かんでいるものがなんであれ、スザンナの霊《れい》とはまったくちがうものなのだ。鼓動《こどう》がますます激《はげ》しくなる。語りかけてくるスザンナの霊《れい》のほかに、この図書館には何かべつのものがいる。何か、非常《ひじょう》に邪悪《じゃあく》なものが。

「彼女《かのじょ》のせいじゃない」スザンナがまたささやいた。弱々《よわよわ》しい声だ。わたしに声を届《とど》けるためにエネルギーを使い果《は》たしたのだろうか。「もし、彼女《かのじょ》にわたしの声が聞こえたら、わかってくれるでしょう。もし、できるなら、彼女《かのじょ》をここに連れてきて。でも、なぜ？　なぜ、彼女《かのじょ》はやめたの？」

「スザンナのいってることが、わからないの」わたしは、ジャックに耳打ちした。

「痛《いた》みとかなんとかいってるんだけど。それから、なぜ彼女《かのじょ》はやめたのかって、聞いてるわ」

「そんなこと、わたしにもわからないよ」と、耳もとでジャックがこたえる。

「彼女《かのじょ》に伝えて。やめることは、死ぬこと」またスザンナの声がしたが、弱々《よわよわ》しくて、もうほとんど消えいりそうだ。

「スザンナ、お願い、説明して！　あなたが何をたのんでいるのか、わからないのよ！」とわたしは叫《さけ》んだ。

ジージーと、接触《せっしょく》の悪い電線のような音がしている。

「連れてきて。彼女《かのじょ》にはきっと聞こえる。でも、彼女《かのじょ》はわかっていない。永久《えいきゅう》にやめることが、どういうことか」

そこで、スザンナ・ベニスの声はプツンと切れた。テレビの電源《でんげん》でも切ったみたいに。

天井《てんじょう》の蛍光灯《けいこうとう》がチカチカついたり消えたりしている。スザンナが去ったことを、わたしは体全体で感じた。スザンナとの交信《こうしん》は終わったのだ。

ところが、わたしたちのテーブルの前には、パンチバッグのような黒い影《かげ》がまだぶらさがっている。また、ジージーという音が聞こえてきた。音はますます大きくなって、まるで何千匹《びき》というハエが、何か腐《くさ》ったものに向かって飛んできているよう。その腐《くさ》った何かは、わたしなど到底及《とうていおよ》ばない力を持ち、意思の疎通《そつう》などという無邪気《むじゃき》なものをもとめているのではない。それは確《たし》かだ。

「キャット……」蚊《か》の鳴くようなジャックの声。

それにこたえるより先に、わたしはジャックの腕《うで》をつかみ、引きずるようにドアに向かってかけだした。

走りだすと、ジャックはたちまち力を取りもどし、必死になってわたしより先に図書館を飛びだした。

わたしたちは、転《ころ》がるように廊下《ろうか》をかけぬけ、出入口から飛びだし、ピンク色の夜明けの中を駐車場《ちゅうしゃじょう》へと走っていった。

わたしたちは、安心できる場所をもとめて走りつづけた。駐車場《ちゅうしゃじょう》を横切り、フェンスを跳《と》び越《こ》え、となりの幼稚園《ようちえん》の園庭に飛びこみ、木製《もくせい》の巨大《きょだい》な海賊船《かいぞくせん》のそばでやっととまった。

はしごもすべり台も、朝露《あさつゆ》にぬれている。ジャックはそばの砂場《すなば》にしゃがみこみ、緑色のプラスチックのスコップで一心《いっしん》に砂《すな》を掘《ほ》り始めた。

過呼吸状態《かこきゅうじょうたい》になっているらしい。涙《なみだ》が、小さくとがった鼻先からポタポタ流れ落ちている。

「ジャック、もうだいじょうぶよ。もう、わたしたち、だいじょうぶなの、ジャック」

「気持ち、悪い。さっきは、後ろから、何かすごく悪いものに、追いかけられてるみたいだった。あっ、わたし、チェロ、おいてきちゃった！　ねえ、さっきは、……いったい……どうなってたの？」ジャックが、苦しそうに呼吸《こきゅう》しながらいった。

わたしは首をふった。わかったふりをするつもりはない。さっきのが、母さんもやってるような霊《れい》との交信《こうしん》だとしたら、この先もやっていけるかどうか、まったく自信がない。

でも、あれはどう考えても、とてもふつうの交信《こうしん》とは思えない。何かが図書館にいたのだ。それが、スザンナとの交信《こうしん》のじゃまをしていた。スザンナがエネルギーをふるいおこして交信《こうしん》しようとするたび、そのエネルギーを吸《す》いとっていた。ジャックもそのことを感じたのだろうか？

ジャックは、砂場《すなば》からじっとわたしを見つめていた。砂《すな》の上にちょこんとすわって、小さなスコップをにぎりしめている姿《すがた》は、まるで六歳《さい》の子どもだ。さっきの恐《おそ》ろしいことがなかったら、きっと笑っちゃう光景だ。

何も知らない黄色い蝶《ちょう》が、ヒラヒラとジャックの頭の上へ飛んできた。ジャックは悲鳴をあげて跳《と》びあがり、スコップをめちゃくちゃにふりまわした。幸《さいわ》い、ねらいははずれ、蝶《ちょう》は助かった。

「ジャック、深呼吸《しんこきゅう》して！　もう、わたしたち、だいじょうぶ、安全なんだから。それ、ただの蝶《ちょう》よ」

ジャックは小さく身震《みぶる》いして、おそるおそるまわりを見まわした。まるで蝶《ちょう》の大群《たいぐん》に襲《おそ》われてでもいるみたいに。

「ジャック、あなた、音楽が聞こえるっていったよね?」

ジャックはうなずいた。

「図書館に入ったとき、聞こえた。バッハの曲だった。まちがいない。よく知ってる曲だから。バッハの『アヴェ・マリア』をフルートで吹《ふ》いてた」

「でも、スザンナの声は聞こえなかったんでしょ?」

「うん。あのテーブルに着いたら、音楽はやんだ。それから、すっごくいやなにおいがした。何か、腐《くさ》ってすっぱくなったみたいな。でも、声は聞こえなかった。スザンナはなんていったの?」

「痛《いた》みと罪《つみ》の意識《いしき》が、自分をあそこに引きとめてるって。それから、『彼女《かのじょ》』を連れてこい。『彼女《かのじょ》』には聞こえるし、わかるだろうって。たぶん、ウィッテンコート女史《じょし》のことをいってるんだと思うんだけど。でも、スザンナは、『なぜ、彼女《かのじょ》はやめたのか』っていいつづけるの。これがわかんないのよ。あと、『やめることは、死ぬこと』ともいったわ。もう一回聞くけど、あなた、スザンナの声は聞こえなかったのに、音楽は聞こえたのね？」

「スザンナの演奏《えんそう》かどうかは、わかんないよ。わたしはただ、バッハの『アヴェ・マリア』がフルートで演奏《えんそう》されるのを聞いたんだよ」

「それが、スザンナのフルートなの。つまり、あなたはスザンナの演奏《えんそう》が聞こえたのよ」

「でも、わたしは霊媒師《れいばいし》じゃないんだよ！　どうして、わたしにスザンナの演奏《えんそう》が聞こえるの？」

「母さんがいってたけど、霊媒師《れいばいし》って、光や音や電気やいろんなエネルギーに、ものすごく敏感《びんかん》に反応《はんのう》するように生まれついてるんだって。音楽家は、音に対してすごく敏感《びんかん》でしょ？　だから、あなたにもスザンナの演奏《えんそう》が聞こえたんじゃない？　あなた、生まれながらの音楽家だもの」

ジャックは考えこんでいるふうだった。わたしはジャックの腕《うで》に手をおいた。

「ジャック、ひょっとしたら、スザンナが現《あら》われて交信《こうしん》しようとしたのは、わたしに対してじゃないかも。あなたの才能《さいのう》を感じたからじゃないかしら。もしかしたら、わたしたちふたりに現《あら》われたのかもしれない。わたしは霊《れい》に対して敏感《びんかん》だし、あなたは音楽に対して敏感《びんかん》だから」

ジャックが、ふたたびうなずいた。

「ジャック、スザンナはどうして、『彼女《かのじょ》』をやめさせるなっていってるんだと思う？　わたし、ウィッテンコート女史《じょし》をぜんぜん知らないからわからないんだけど、女史《じょし》は今までに何をやめたのかしら？」

ジャックは長いあいだ、じっと自分の手を見おろしていたが、顔をあげずにしゃべりだした。

「スザンナがいってるのは、ウィッテンコート女史《じょし》のことじゃないと思う」

「じゃあ……」

「スザンナは、わたしのことをいってるんだと思う」

16　ロッカーのポスター

砂場《すなば》に、「朝食ぬきの生徒のための朝食サービス」のおいしい香《かお》りがただよってきたので、わたしたちはカフェテリアに場所を移《うつ》した。

ジャックとわたしは、いつものあぶれ者専用《せんよう》のテーブルにすわったが、きょうは、例のジャックのチェロがない。ジャックはすっかり、早朝亡霊《ぼうれい》体験に打ちのめされて、どうしても図書館にチェロをとりに行こうとしなかった。司書とコンピュータクラブのおたくたちが図書館に来て、図書館中の電灯がついて、太陽も高くなるまでは行かないという。四十一歳《さい》以下のまともな頭の人なら、古いチェロなんて見向きもしないはずだから、チェロのことは心配しなくていいというのだ。

「スザンナは、あなたがチェロをやめたことをいってるんだって、思うわけね?」

この質問《しつもん》をするのは、これで五回目だ。

「全部がわたしのことってわけじゃないと思う」ジャックは、フォークからこぼれおちたスクランブルエッグを突《つ》き刺《さ》しながらいった。「スザンナが『なぜ、彼女《かのじょ》はやめたの』といった部分だけよ」

「でも、どうしてそう思うの?」

「それって、ウィッテンコート女史《じょし》が前にわたしにいったことなの。確《たし》か、女史《じょし》のところに紹介《しょうかい》されてレッスンに行った最初の日だったと思う。女史《じょし》の最初の質問《しつもん》が、それだった。『あなたは、なぜやめたの?』。わたしはこたえられなかった。チェロも弾《ひ》かなかった。ただすわって、女史《じょし》の説教を待ってた。あるいは、帰れっていわれるのをね。でも、女史《じょし》は受けいれたの。弾《ひ》かないっていうわたしの態度《たいど》を。責《せ》めたりとか、そんなことは何もしなかった。ただひと言、こんなふうにいったのよ。『今は、このままでいいでしょう、ジャクリーヌ嬢《じょう》。でも、あなたの将来《しょうらい》を台無《だいな》しにしないでほしいの。ある人々《ひとびと》にとって、やめることは死ぬことなのよ』。これって、スザンナがいったことだよね？　だから、スザンナは、わたしのことを話してるのかもって」

わたしはオレンジの皮をむきながら、そのことを考えてみた。

「わかったわ。じゃあ、その線で考えてみましょうよ。スザンナは、何らかの方法で、あなたが演奏《えんそう》をやめていることを知った。そして、そのことを見すごせなかった。一方、スザンナの親戚《しんせき》のウィッテンコート女史《じょし》は、演奏《えんそう》することに困難《こんなん》を感じている生徒を専門《せんもん》におしえている。あたかも、音楽家を音楽家の道へもどすことを、自分の使命《しめい》だと思っているみたいに」

「そのとおりよ」

「それって、こんなふうに考えられる？　ウィッテンコート女史《じょし》がそんな仕事を専門《せんもん》にしている理由は、スザンナが演奏《えんそう》をやめたということにある？」

「考えられないこともないね」

「わたしたち、スザンナがなんという病気で亡《な》くなったと思ってんだっけ？」

「髄膜炎《ずいまくえん》」ジャックが、スクランブルエッグをまたひとつきしてこたえた。

「それって、流行性《りゅうこうせい》の病気なんでしょ？」

「うん」

「どうも、今ひとつ全体像《ぜんたいぞう》がつかめないわ。スザンナはこんなこともいったのよ。『もし、彼女《かのじょ》を連れてくれば、彼女《かのじょ》はわかるだろう』って」

「無理だよ」

ジャックはまた、スクランブルエッグをこぼした。それから、カッとなって何か叫《さけ》ぶと、スプーンに持ち替《か》えた。

「無理って、何が？」とわたしは聞いた。

「ウィッテンコート女史《じょし》をここに連れてくること。だって、ほとんど外出しないもん。本人は、車の運転ができないからっていってるけど、ほんとうは外出がきらいなんだよ。生徒のひとりが、女史《じょし》のために買い物に行ってあげてるくらいだもん」

「へえ、でも、どうして？」

「だから、わたしたち、ほとんど会話しないから、わからないんだってば。『ウィッテンコート女史《じょし》、あなたはこんなふうに、わたしが弾《ひ》かないのをじっとだまってがまんしてらっしゃるんですけど、ところで、外出がおきらいなのはなぜですか？』なんて、聞けないよ」

「もっと、あっさり聞けるんじゃないの？　新鮮《しんせん》な話題だって、喜んでくれるかもよ」

カフェテリアに、少しずつ生徒が入ってきた。両親が八時前に仕事に出かけるので、こんな早い時間に子どもを送ってこなくちゃならない家の生徒か、あるいは、もっとほかの、わたしが知りたいとは思わないややこしい理由で、朝早く学校にやってくる生徒たちだ。

ジャックとわたしの姿《すがた》を見つけて、おもしろがって笑っている子もいる。わたしは無視《むし》した。そんなニタニタ笑いは、どんな中学校にもれなくついてくる、うれしくないおまけみたいなものだ。

「そうか！　わたし、わかった」と、突然《とつぜん》ジャックがいった。

「何、何？　いって」とわたしは飛びついた。

「やめたって、音楽基金《ききん》のことをいってるんじゃないかな？」

「音楽基金《ききん》？」

「音楽の奨学金制度《しょうがくきんせいど》の基金《ききん》よ、スザンナの記念の。いい？　スザンナは死んだ。彼女《かのじょ》は才能《さいのう》ある音楽家だったのに、当然手にいれるはずの成功を得ることなく、早死にしてしまった。そこで、彼女《かのじょ》の祖母《そぼ》だかおばだか、つまりスザンナの先生でもあったウィッテンコート女史《じょし》が、スザンナを記念して音楽基金《ききん》を設立《せつりつ》した。毎年、若《わか》い音楽家がその基金《ききん》から奨学金《しょうがくきん》をもらって勉強できて、同時にスザンナの死が惜《お》しまれて、スザンナの名前が人々《ひとびと》の心にとどまるようにね」

「なるほどね」

カフェテリアには、ショシャーナの取り巻《ま》き軍団《ぐんだん》も何人か入ってきた。わたしのほうを見て、あからさまに笑っている。わたしは念《ねん》のために、ジャックのステンレスの水筒《すいとう》に自分の顔をうつしてみたが、顔には、笑われるようなものは何もくっついていなかった。

「でも、その基金《ききん》はつづかなかった。その奨学金《しょうがくきん》にふさわしい生徒が応募《おうぼ》しなかったか、あるいは、当分は奨学生《しょうがくせい》がいたかもしれないけど、とにかく、今はもういない。これって、せっかくお墓《はか》にお参《まい》りに行きながら、わざわざ墓石《はかいし》を倒《たお》すようなものじゃない？」

どうもジャックの頭の中には、墓石《はかいし》がすみついて離《はな》れないようだ。でも、ジャックの説明は、スザンナの「なぜ、やめたの？」についてわたしが思いついたことより、ずっと説得力《せっとくりょく》があった。

「とにかく、その音楽基金《ききん》がどうやって設立《せつりつ》されて、その後いつ中止になったかについて、もっと調べなくちゃならないわね」

「それ、わたしが調べるよ」ジャックが、少し怒《おこ》ったような顔をしていった。「わたしだって、結局、音楽家だから。ま、失格者《しっかくしゃ》ではあるけど」

「そういうことを調べるんだったら、それほど不自然じゃないものね。でも、いきなり、『そんなら、あなたがそれに応募《おうぼ》しなさい』ってことになったら、どうする？」

「あ……」ジャックの顔がしずんだ。

「とにかく、スザンナに何が起こったのかは、ウィッテンコート女史《じょし》からちゃんと聞いてきてよ」

「うーん、それ、けっこうむずかしい指令《しれい》だけど、やってみる」とジャックがいった。

ショシャーナの取り巻《ま》き軍団《ぐんだん》が、また、ふたりほど入ってきた。わたしを見て、ケラケラ笑っている。つづいて、フットボールの選手がふたり入ってきた。やっぱり、わたしたちに気づいてニヤニヤしている。

「やっぱり変だわ。何かおかしなことが起こってるのよ」と、わたしはとうとういった。

「そういう線で、わたしたち話してたんじゃないの？」と、ジャックが目玉をまわした。今度はスプーンで、皿のスクランブルエッグを追いまわしている。

「そのことじゃなくて、今現在《げんざい》、ここでのことよ」心臓《しんぞう》がドキドキし始めた。わけのわからない不安がわたしをとらえている。「ねえ、わたし、ちゃんと服、着てる？ねえ、ふつうのかっこうしてるよね？」

この場の妙《みょう》な雰囲気《ふんいき》が、まるで、学校にパジャマで来てしまった夢《ゆめ》にそっくりなのだ。いや、むしろ、パジャマも着ずに来てしまった夢《ゆめ》に近い。

「ちゃんとしてるよ。あーもう、この卵《たまご》、頭にくる。食べようとするたびに落っこちるんだから」

「わたし、ここ、出たい。ねえ、早く出よう」

ジャックが、ぽかんとした顔をして、皿から顔をあげた。でも、わたしが立ちあがると、いっしょに立った。

「もう、図書館にもどっても安全だよね。だれかが落し物係に引きずっていく前に、チエロをとってこなくちゃ」

落し物係はありえないと思ったが、ジャックといっしょに、この妙《みょう》な視線《しせん》やニヤニヤ笑いからのがれられるのはうれしかった。

廊下《ろうか》を出ると、少しは楽になったが、悪い予感は去らなかった。わたしがほとんど走るようなスピードで廊下《ろうか》を歩いていったので、ついてくるのにジャックが息を切らしている。

理科実験室の前を通り、ロッカーの並《なら》んでいる廊下《ろうか》まで来たとたん、わたしは動けなくなった。

「どうしたの？」とジャックが聞く。

その場に釘《くぎ》づけになったまま、わたしは、向こうに見えているものがなんなのか、見きわめようとしていた。

「キャット、何してる……、あっ、ちょっと！　あれ、あなたのロッカー？」

ひとつのロッカーが、ずらりと並《なら》んだなんてことないロッカーからとびっきり目立って、思いっきり派手《はで》に飾《かざ》られている。それは、まさにジャックが推測《すいそく》したとおり、わたしのロッカーだ。その前に立ったクイン・アーヴィンが、とまどった顔でそれを見ている。

わたしはゆっくり、そのほうへ歩いていった。クインはふりむいて、こちらに歩いてきたが、わたしだとわかると、いつもの人のよさそうな笑顔になった。

「あら、キャツラヴィーナさん、こんにちは」

クインは、わけのわからないあいさつをすると、歩き去った。

「何？　今の」とジャックがつぶやく。

だが、ロッカーの前に立ったわたしたちは、すぐにそれを自分の目で確《たし》かめることとなった。

ロッカーには、ビーズのカーテンがかけられていた。六〇年代のヒッピーが使ってたようなカーテン。はっきりいって、うちの家にかかっているのとそっくりだ。

真ん中に貼《は》られた手描《てが》きのポスターには、占《うらな》いに使うような水晶玉《すいしょうだま》と、その後ろに、ターバンを頭に巻《ま》いた少女の絵。ありがたいことに、そちらのほうはぜんぜんわたしには似《に》ていない。
その絵のまわりには、でっかい文字でこんな文が書かれていて、ポスターのまわりにもビーズが派手《はで》に貼《は》りつけられている。

来たれ！　預言者《よげんしゃ》キャツラヴィーナのもとへ
水晶玉《すいしょうだま》とタトロカードで　すべてがわかります。
町のカーニバル、蛇女《へびおんな》の見世物小屋《みせものこや》のとなりの部屋で
あなたの運命《うんめい》を予言《よげん》します。
一回、たったの一ドル！

「い、いいかげんにしてよね！　タロットカードのつづりもまともに書けないくせして、まったく！」わたしは興奮《こうふん》のあまり、まともにしゃべれなかった。
ジャックは口をあんぐり開けたままポスターを見つめていたが、やっと口をきい

た。

「いったいだれがやったの、こんなこと？　ショシャーナかな？　あなたがダンス会場設置《せっち》委員会に協力しなかったから？」

「かもしれない。でも、この趣味《しゅみ》はむしろ、ブルックリン・ビゲローね」

わたしは手を伸《の》ばし、ポスターを引きやぶった。いっしょにビーズのカーテンがはがれ、ひもが切れた。紫《むらさき》や青のプラスチックのビーズが四方八方《しほうはっぽう》に飛び散った。

「上等だわ！」

叫《さけ》んだつもりだったが、もう涙声《なみだごえ》になっていた。のど元に熱いかたまりがせりあがってきて、今にも大声で泣きだしてしまいそうだ。

そのとき、ジャックが早口でいった。

「それ、よこして」

ジャックは、わたしからビーズのカーテンとやぶれたポスターをうばいとると、廊下《ろうか》のすみのゴミ箱に持っていって、ものすごい勢《いきお》いで中に押《お》しこんだ。それから、またもどってくると、床《ゆか》に転《ころ》がったビーズを、まるでブルーベリー摘《つ》みオリンピック選手みたいなすばやさで拾い集めた。

わたしは、ジャックがビーズをポケットにいれるのを見ながら、うめき声をあげた。

「どうせ、わたしは怪《あや》しいやつよ」

「キャット、やめて」

「そうよ、わたしは負け犬なのよ。しかも、今じゃ、笑い者よ！」

ジャックが突然《とつぜん》、小さな足を精一杯《せいいっぱい》あげて、床《ゆか》をドンと踏《ふ》んだ。ジャックのそんな行動、初めてだ。いや実際《じっさい》、そんな絵に描《か》いたような怒《おこ》りかたをする人を、わたしは生まれて初めて見た。

「そんなことをいうなんて、二度とやめて！　とくに、わたしの前では！」

わたしは、あっけにとられてジャックを見た。この思いがけないジャックの怒《おこ》りようで、わたしの涙《なみだ》は引っこんでしまった。これは幸運だった。なにしろ、わたしの涙《なみだ》は流れだしたが最後、人間の力ではとめることができないのだから。

「キャット！　スザンナはあなたのところへ来たんだよ。何十年も待って、やっとあなたのところに来たんだよ。それって、あなたが、ショシャーナの取り巻《ま》き連中みたいに、群《む》れでしか行動できないふつうの人間だから？　ちがう！　スザンナが来たのは、あなたが特別だからよ。あなたが才能《さいのう》を持ってるからよ。わたしたちには才能《さいのう》があるのよ、キャット。たいていの人にはない才能《さいのう》が。ええ、そうよ。だから、わたしたちは今どきの流行からははずれちゃうし、異端者《いたんしゃ》をきらう連中の餌食《えじき》になる。でも、それくらいの犠牲《ぎせい》が何よ？　あなた、自分自身でいるより、そんな連中みたいだったらよかったなんて、まさか一分だって考えてないでしょうね？　あんな、その他大勢になりたいなんて、一秒だって思ってないでしょうね?!」

突然《とつぜん》、わたしははっきりと感じた。

そうだ、わたしは霊媒師《れいばいし》なのだ。わたしは、母さんみたいに霊《れい》が見える。そして、それが、これからのわたしの人生なのだ。確《たし》かにそれは、その他大勢の人とはちがう人生だろう。でも、わたし自身、そういう道こそ望んでいるような気もする。

そう思えたことと、ジャックという友人がいてくれたおかげで、みんなからキャツラヴィーナと呼《よ》ばれ、水晶玉《すいしょうだま》はどこ？　なんて聞かれた長い長い一日に、わたしはなんとか耐《た》えることができた。みんなから笑われ、攻撃《こうげき》され、バカにされても、わたしは笑い飛ばし、お世辞《せじ》でもいわれたようなふりをしてやりすごした。

もちろん、ブルックリン・ビゲローが、中でも一番さわぎたてた。だが、それも、ショシャーナ取り巻《ま》き軍団《ぐんだん》といっしょにいるときだけだ。それに、ブルックリンは何度も大声で、ショシャーナが見たら大笑いするはずといったが、実際《じっさい》には、ショシャーナはニコリともしなかった。しかも、ブルックリンを無視《むし》しているようにも見える。ふたりは仲間割《わ》れでもしたのだろうか。

その日、体育のあと、ふと見ると、洗面台《せんめんだい》のところにブルックリンがひとりきりでいた。自分の後ろにわたしがだまって立っているのを鏡《かがみ》で見ると、ブルックリンはじわじわと後ずさりして、逃《に》げようとした。まるで、わたしがナイフをふりかざした異常者《いじょうしゃ》でもあるみたいに。

ブルックリンの脱色《だっしょく》した髪《かみ》の毛は、蛍光灯《けいこうとう》の光を浴《あ》びて妙《みょう》に緑っぽく、インチキくさく見える。また呪《のろ》いのことばを唱《とな》えられるのではないかとビクビクしているのが、はっきりわかった。

だが、たとえどんなにひどい相手でも、わたしは自分の能力《のうりょく》をそんな卑《いや》しいやりかたで使いたくなかったので、ブルックリンがこそこそ逃《に》げるのをだまって見のがした。

その夜、ベッドに横になり、スザンナ・ベニスがあたえてくれた手がかりを検討《けんとう》しなおしていたとき、わたしはハッと思いだした。スザンナの声が消えたあとも、図書館にはべつの何者かが確《たし》かにいたことを。そして、それがあまりにも恐《おそ》ろしかったので、親友のジャックにもいえなかったことを。

わたしはふたたび恐怖《きょうふ》にとりつかれ、夜が明けるまで一睡《いっすい》もできなかった。

17　オーディションの秘密《ひみつ》

ジャックとわたしが、音楽の奨学金制度《しょうがくきんせいど》の基金《ききん》について、それぞれの方法で調べているあいだに、金曜日のダンスパーティーは刻々《こくこく》と近づいていた。基金《ききん》について情報《じょうほう》を集めることには、なんの妨害《ぼうがい》もなかったが、図書館の職員《しょくいん》や、いろいろな関係者に当たっても、みな、そのような基金《ききん》があったということすらほとんど知らなかった。基金《ききん》についての書類をさがすことは、まるで宝《たから》さがしのようなありさまになってきた。

だが、とうとう図書館の助手が、体育の奨学金制度《しょうがくきんせいど》のファイルにまちがって入っていた書類を発見し、話はあらたな展開《てんかい》を見せることとなった。

わたしたちが地下室の資料《しりょう》から推測《すいそく》していたように、ウィッテンコート女史《じょし》は、スザンナの死の翌年《よくねん》しか奨学生《しょうがくせい》のためのオーディションを開かず、そのあとは、もう完全に募集《ぼしゅう》をやめてしまっていたのだ。

今までだれもこのことを調べた者はいなかったが、おそらく当時も、だれも事情《じじょう》を調べようとはしなかったのだろう。たいていの人は、音楽よりスポーツのほうに関心があるから。

だが、ここに来て、校長付きの秘書《ひしょ》で、法と秩序《ちつじょ》を重んじることで有名な職員《しょくいん》が、探偵《たんてい》顔負けの調査《ちょうさ》に乗りだし、またあらたな事実を発見した。スザンナ・ベニス音楽奨学金制度《しょうがくきんせいど》の基金《ききん》は、まだ銀行に預金《よきん》されていて、あれ以来まったく使われていないために、けっこうな金額《きんがく》になっているという。

一方ジャックは、スザンナの話をさらに聞きだすため、ふたたびウィッテンコート女史《じょし》を、チェロなしで訪問《ほうもん》した。

ジャックは、あの古い卒業アルバムと、基金《ききん》の書類のコピーを持っていった。成功するかどうかわからなかったが、現物《げんぶつ》を見れば、ウィッテンコート女史《じょし》もさらに心を開いてしゃべりだすのではないかと考えたのだ。

その賭《か》けはうまくいった。ジャックは夕食後、わたしに電話で報告《ほうこく》してきた。

「何か新しいこと、わかった?」と、わたしはすぐにたずねた。

「キャット、わたしの話を聞いたら、ほかにどんなわかってないことがあるの?っていうよ」

これは、なかなか期待させることばだ。

「早くいってよ!」

でも、ジャックは、自分が発見した秘密《ひみつ》をだし惜《お》しみして、こんなことを話しだした。

「わたし、生物学のレポート提出《ていしゅつ》したあとに気づいちゃったんだけど、参考文献《さんこうぶんけん》のリストつけるの、わすれたんだ。ねえ、キャット、リストはつけた?」

「ジャック!」

「わかった、わかった。さてと、どこから話そうか？」

「どっからでもいいから、さっさといいなさいよ」と、わたしはいらだって叫《さけ》んだ。

「はいはい、わかったって。きょうの夕方、わたしは、ウィッテンコート女史《じょし》の家のドアをたたいた。わたしを見て、女史《じょし》はうれしそうだったよ。で、いつもの居間《いま》にとおされた。わたしは、卒業アルバムと奨学金《しょうがくきん》の書類をテーブルにおいて、『これを図書館で見つけました』といった。女史《じょし》はアルバムをとると、真っ先にスザンナのページを開けて、長いことじっと見てた。それから、奨学金《しょうがくきん》の書類を取りあげた。そして、そのとたん、女史《じょし》の目に涙《なみだ》があふれてきたの。わたし、すっごく悪いことしたみたいな気がしたよ。でも、女史《じょし》は泣いたことでふっきれたのか、わたしを見て、頭をふっていったの、自分のせいだって。あのあと、奨学金《しょうがくきん》制度《せいど》を終わらせるべきじゃなかったって」

「なんのあと？」

「わたしもそう思ったんだよ。でも、どんなふうに聞けばいいかわかんなかったから、こういったの。『スザンナ・ベニスは、髄膜炎《ずいまくえん》で亡《な》くなったんですか？　スザンナのミドルネームは、ウィッテンコートですね』って。女史《じょし》は、ちょっとおどろいたように、わたしを見た。たぶん、わたしがそのことを知ってたからだろうね。とにかく、女史《じょし》はうなずいた。『そう、スザンナをおしえ始めて、一年ほどたったときに、それは起こった。スザンナはすばらしい生徒だったうえに、姪《めい》でもあった』って」

「ウィッテンコート女史《じょし》は、スザンナのおばさんだったんだ！」

「そう。女史《じょし》は、自分の姉についても話したよ。つまり、スザンナの母親ね。女史《じょし》とその母親は、あまりうまくいってなかったみたい。ウィッテンコート女史《じょし》は、スザンナに人並《ひとな》みはずれた音楽的才能《さいのう》があるのを知っていたから、スザンナを自分の生徒にするようしつこく迫《せま》ったようね。女史《じょし》によれば、大きなコンサートでスザンナを演奏《えんそう》させるっていう夢《ゆめ》があったんだって。当時、彼女《かのじょ》自身が演奏《えんそう》していたような大きなコンサートでね。女史《じょし》はスザンナを生徒にすると、ものすごくきびしく教育し始めた。だって、世界的レベルで成功させたかったからよ。でも、スザンナの母親は、そんなこと望んでいなかった。そこで、母親と女史《じょし》とは対立したのね。そのうえ、女史《じょし》がこういったんだよ。『スザンナが亡《な》くなったのは、自分のせいだ』って」

「えっ、そんなことといったの？　だって、髄膜炎《ずいまくえん》じゃなかった？」

「それがね、女史《じょし》がいうには、ちょうどそのころ、スザンナともうひとりの生徒が、とってもたいせつなオーディションを受けることになってたんだって。有名な音楽大学か何かのじゃない？　ふたりは、バッハの「アヴェ・マリア」の二重奏《にじゅうそう》をする予定だった。ほら、図書館でわたしにも聞こえた、スザンナがフルートで吹《ふ》いていた曲。でも、スザンナの相手の女の子が体調が悪いっていってきたので、スザンナは、オーディションは断念《だんねん》せざるをえないと思った。ところが、ウィッテンコート女史《じょし》はものすごく怒《おこ》って、ふたりをオーディションにやったのね。そんなチャンスはめったにないからって」

「それで？」

「オーディションのつぎの日、相手の女の子がまさに髄膜炎《ずいまくえん》の症状《しょうじょう》で倒《たお》れ、スザンナは数日後に倒《たお》れた。結局、相手の女の子はよくなったんだけど、スザンナは、とうとう回復《かいふく》しなかったたってわけなの」

「それで女史《じょし》は、スザンナが髄膜炎《ずいまくえん》にかかって亡《な》くなった責任《せきにん》は自分にあるって、自分を責《せ》めてるのね」

「そのとおり。女史《じょし》は髄膜炎《ずいまくえん》が流行ってたのを知ってたのに、スザンナに無理にオーディションを受けさせてしまった。あとでスザンナの母親にいわれたらしい。『あんたが、娘《むすめ》を殺した』って。それ以来、ふたりは口をきいていないんだって。

ねえ、キャット。わたし、わかんないよ。どうしてウィッテンコート女史《じょし》は、そんなことまで全部、自分から話してくれたんだろう。なんだか女史《じょし》は、何十年ものあいだ、ずっと、だれかがこのことをたずねるのを待ってたみたいに思えるんだよね。女史《じょし》はいったの。もう二度とスザンナの演奏《えんそう》を聞けないってことを、どうしても乗り越《こ》えられない。いまだに、スザンナの母親のいったあのことばが、耳から離《はな》れないって。演奏《えんそう》できなくなった生徒を回復《かいふく》させてやれば、このつらさが少しは軽くなるんじゃないかって思ってたけど、決してそうはならないんだって。女史《じょし》は、何度もいった。スザンナの演奏《えんそう》を二度と聞けないという事実を、どうしても受けいれられないって」

「でも、わたしたち、聞いたわよね？　スザンナの演奏《えんそう》を」

「うん、でも、それを女史《じょし》にいえると思う？　スザンナの霊《れい》は、いまだに過去《かこ》の音楽室をうろついて、あの曲を演奏《えんそう》していますよって」

「たしかに。でも、そうなると、なんとかして女史《じょし》を学校に連れてくる方法を考えなくちゃ。そして、スザンナの演奏《えんそう》を聞かしてあげなくちゃ」

「ねえ、キャット、今夜はわたし、もう十分《じゅうぶん》働いたよね。ウィッテンコート女史《じょし》は、自分の秘密《ひみつ》をわたしに打ち明けた。そして、わたしは、それをあなたに伝えた。わたし今から、ヨーロッパ史の教科書を四十ページも読まなきゃならないんだ。テレビで『アメリカン・アイドル』が始まる前に」

「アメリカン・アイドル」をジャックが見ている！　大衆文化《たいしゅうぶんか》に対するジャックの関心の、なんと貪欲《どんよく》なこと！　でも、そんな低俗《ていぞく》な興味《きょうみ》も、ジャックが、ただ今故障中《こしょうちゅう》の天才チェリストだということを考えれば、ゆゆしき問題というより、愛すべき奇行《きこう》に思えてしまう。

「わかったよ、巨匠《きょしょう》。巨匠《きょしょう》の一日は、『アメリカン・アイドル』のあの意地悪な審査員《しんさいん》が、挑戦者《ちょうせんしゃ》をコケにするところを見ないと終わらないというわけね？」

「恩《おん》にきる、まじないばあさん。とにかく、あすの晩《ばん》は何時間も話せるんだから、ダンスパーティーの会場で」

わたしの口が、あんぐりと開いた。

「どこでって？」

「ダンスパーティーだよ、キャット。宝石《ほうせき》だの星だの月だので飾《かざ》られた会場で。わたしのおかげで、なんにも切りぬかずにすんだでしょ？」

「ちょっと！　わたしがダンスパーティーなんかに行くと思う？　行く気なんかないはずだって、この前、あなた自身がいったんじゃないの」

「ああ、でもそれは、過去《かこ》のことだから」

「どういうことよ？」

「キャット、行く理由はふたつある。まず主たる第一の理由。この前、ショシャーナの取り巻《ま》き軍団《ぐんだん》が、あなたにひどいことをしたよね。あなたが、あんなこと屁《へ》とも思ってないってことを証明《しょうめい》する方法がたった一つある。つまり、ダンスパーティーに行って、平気《へいき》で楽しんでみせること」

「ジャック、そんなことまじめにいってるの？」

「もちろん。それから、二番目の理由はね、ダンスパーティーで、『アメリカン・アイドル』まがいのショーをやるの。これ、わが親愛なるショシャーナ嬢《じょう》が司会をつとめるんだけどね。あなたとわたしも含《ふく》めて、音楽か演劇の授業《じゅぎょう》をとってる生徒がこのショーに出席したら、『その他の単位』がもらえるんだよ」

「あなた、ダンスパーティーのチラシを読んでるのね?」

「当たり! だってわたし、この単位が必要なんだもん。ていうのは、コンサートとか、上級音楽セミナーとか、若手《わかて》の演奏会《えんそうかい》とか、『その他の単位』をもらえるようなことにはぜんぜん参加してないからよ。『その他の単位』二十単位をとれなかった理由を母に説明するのにくらべれば、パーティーに行って、ただだまってすわってそのショーを見るほうが、ずっといいもん。ただし、あなたの場合は、自分の弱さを克服《こくふく》するいいチャンスよ、まじないばあさん」

「ジャック、その『アメリカン・アイドル』のまがいものって、いつあるの?」

「七時よ。図書館で」

「図書館!」

「そう。そして、そのあと、みんなは体育館のダンス会場に流れるってわけ」

ダンスパーティーなんて、ぜったいにごめんこうむりたい。行って勇気を見せる? そんな必要あるんだろうか? わたしとしては、すでに精一杯《せいいっぱい》勇気をしめしたつもりだ。

そのとき、わたしに、ひとつのアイデアが浮《う》かんだ。

「そうねえ、ジャック、ほんのちょっとだけなら、そのショーとやらに、よってもいいわ」

「賛成《さんせい》してくれると思ってた。おっと、急がなきゃ。あした、学校でね！」

わたしは、おやすみをいって電話を切った。歴史《れきし》の教科書はもう読み終わっていたし、『アメリカン・アイドル』には興味《きょうみ》がない。だから、さっき浮《う》かんだアイデアが実行可能《じっこうかのう》かどうか、検討《けんとう》する時間はたっぷりあった。

結局わたしは、あれほど待ちこがれていた金曜の夜を犠牲《ぎせい》にした。しかも、家にこもってのんびりするのに絶好《ぜっこう》の雨の夜だったにもかかわらず。アイドル志望《しぼう》の級友の才能《さいのう》とやらを見物するために、わたしは、図書館のにわか仕立ての客席にすわった。

ジャックが入ってきた。しばらく前からわたしが席にいたことに、ジャックは気がつかなかった。わたしがたびたび壁《かべ》の時計を見たり、入口のドアに目をやったりしても、おかしいとは思っていないようすだ。

「もう、受付はすんだ？　『その他の単位』がほしいのなら、受付しなくちゃいけないんだよ」とジャックがいった。

「単位なんかいらないわ。わたし、純粋《じゅんすい》に、あなたという友だちのためだけに、この犠牲《ぎせい》を払《はら》ってるんだから」

「わたしに向かって、犠牲《ぎせい》なんていわないでよ。わたしだって、『万引きする有名人』ていう番組を犠牲《ぎせい》にして、ここに来たんだからね。この先いつ再放送《さいほうそう》されるかわからないっていうのに」

「ところで、いったいだれが、ここで才能《さいのう》を披露《ひろう》してくれるの？」とわたしは聞いた。

「けさの段階《だんかい》では、だれも決まってなかったよ。それで例によって、ショシャーナが出演者狩《しゅつえんしゃが》りをやって、今んところは、ふたりの出演《しゅつえん》が決まってるみたい。ランス・シルヴァースタインが、映画《えいが》『スーパーサイズ・ミー』のワンシーンを演《えん》じるんだって。すっごく楽しみ。単位はもらえるし、これで少しは、母のことを考えなくてすむし」

「『スーパーサイズ・ミー』？　でも、あれ、ファーストフードを糾弾《きゅうだん》したドキュメンタリー映画《えいが》よ。どうやって、そのシーンを演《えん》じるの？」

ジャックは肩《かた》をすくめた。

「さあね、知らない。ほかにも、ショシャーナの取り巻《ま》き連中が、『愛は翼《つばさ》にのって』を歌うらしい」

「ちょっと、冗談《じょうだん》だっていってよ」

「ほんとはね、『レディ・マーマレード』を歌いたかったんだって。でも、セクシーすぎるっていうんで、検閲《けんえつ》にひっかかったらしいよ」

「それって、陳腐《ちんぷ》にもほどがあるわ」

「人を裁《さば》くな、人に裁《さば》かれぬためである。聖書《せいしょ》にも書いてあるでしょ、まじないばあさん。単位つきの『アメリカン・アイドル』だって思えばいいって」

実際《じっさい》、このショーがそんなレベルのものだとはちっとも知らなかった。わたしはもう一度、そっと入口のドアをふりかえった。

ショシャーナ・ロングバロウが、にわか仕立てのステージにあがった。それだけで、会場がシーンと静まり返った。

ショシャーナは、祖母《そぼ》の葬式《そうしき》以前の勢《いきお》いに完全にもどったとはいえないが、この部屋の全員を引きつけるくらいの力は十分《じゅうぶん》ある。

聴衆《ちょうしゅう》のほとんどは、演劇クラブのおたくたちと、ショシャーナ取り巻《ま》き軍団《ぐんだん》の女の子たち。それにほんの少し、体育系《けい》の子たちと、あぶれ者たちが混《ま》ざっている。わたしは実際《じっさい》、舌《した》を巻《ま》いた。これほどのたくさんの生徒を、ショシャーナが首に縄《なわ》をつけてひっぱってこようとは！　だって六十人もの生徒が、この図書館内にすわっているのだ。

ショシャーナのスピーチは、もう半《なか》ばまできていた。

「……それから、このイベントに参加して、演劇と音楽の単位をとるつもりのかたは、司書カウンターにあるバインダーに名前を書いてくださいね。では、いよいよ始めましょう。最初の出演者《しゅつえんしゃ》は、ランス・シルヴァースタインです。みなさんご存《ぞん》じのとおり、ランスは、去年秋のダンスパーティーで、ミュージカル『アニー』の中の、ルーズベルト大統領役《だいとうりょうやく》を演《えん》じて、屋根もブッ飛んじゃうようなすばらしい歌とダンスを披露《ひろう》してくれました。今回は、ドキュメンタリー映画《えいが》の超《ちょう》ヒット作『スーパーサイズ・ミー』のワンシーンを演《えん》じてくれます。さて、ランスが準備《じゅんび》しているあいだに、みなさんにもう一度いいますが、飛びいり大歓迎《だいかんげい》です！　今夜のたったふたりの出演者《しゅつえんしゃ》のほかに、ひとりでも多くの人が出てくれたら、最高なんだけどな！」

ショシャーナはそういうと、まるで鷹《たか》のような目つきで聴衆《ちょうしゅう》をにらみまわし、かけこみの参加者をもとめた。ずらりと並《なら》んですわっていた取り巻《ま》き軍団《ぐんだん》は、いっせいに縮《ちぢ》みあがって、落ちてもないイヤリングでもさがすように床《ゆか》に目を落とした。ランスの『スーパーサイズ・ミー』の演技は、なかなかのものだった。監督《かんとく》で出《しゅつ》演者《えんしゃ》のモーガン・スパーロックの役になりきって、ひとり芝居《しばい》をしたのだ。

まず、車の中で、ダブルベーコンチーズバーガーとスーパーサイズのコーク、スーパーサイズのフライドポテトを食べる真似《まね》をする。つぎに、彼《かれ》の腹部《ふくぶ》が、大量に摂取《せっしゅ》した食物の破滅的《はめつてき》運命を暗示《あんじ》する不吉《ふきつ》な音をあげ始めるのを聞きながら、ぐったりする。

それから、撮影《さつえい》スタッフに弱々《よわよわ》しい手をあげて、食後の脱力感《だつりょくかん》から立ちなおったことを告げ、食べ残していたハンバーガーを三口で食べ終える。

その直後、車の窓《まど》ガラスをあわてて開け、想像上《そうぞうじょう》の路上に、食べたばかりのものを噴水《ふんすい》のごとく吐《は》く、という熱演《ねつえん》ぶりだ。

観衆《かんしゅう》は、やんやの喝采《かっさい》を送り、ランスは立ちあがって何度もおじぎをした。が、ランスがまだ観衆《かんしゅう》の拍手《はくしゅ》に酔《よ》いしれているうちに、ブルックリン率《ひき》いるショシャーナ取り巻《ま》き軍団《ぐんだん》数名が、ランスを押《お》しのけてステージにあがってきた。

「『愛は翼《つばさ》にのって』を歌います」緊張《きんちょう》した顔のブルックリンが、マイクに向かってひと息にいった。

わたしはふたたび、そっと入口のほうに目をやり、ようやく、待ち受けていたものを目撃《もくげき》した。

「トイレに行ってくる。すぐもどるから」ジャックにささやくと、返事も待たずに急いで席を立った。

観客のあいだを縫《ぬ》っていって、廊下《ろうか》に出る。思ったとおり、彼女《かのじょ》が来ていた。ウィッテンコート女史《じょし》は、大きな相棒《あいぼう》と並《なら》んで廊下《ろうか》に立っていた。ジャックの例の棺桶《かんおけ》ではない。それを持ちだすことは不可能《ふかのう》だ。だが、女史《じょし》のとなりに立っているのは、まさしくチェロだった。

きょうの午後、わたしはウィッテンコート女史《じょし》に電話をして話をした。くわしい話はできなかったが、わたしがスザンナに関心を持っていること、ジャックと親友であること、今晩《こんばん》、学校でタレントショーのようなものが開催《かいさい》されることなどを手短《てみじか》に話した。そして、女史《じょし》に、チェロを持ってショーを見に来てくれるようたのんだのだ。ひょっとしたら、演奏《えんそう》するようジャックを説得《せっとく》できるかもしれないといって。

おどろいたことに、女史《じょし》はすぐさま賛成《さんせい》してくれた。わたしはタクシーを手配《てはい》し、今ここに、こうして女史《じょし》を迎《むか》えているというわけだ。

わたしは女史《じょし》に近づき、しわくちゃの上品な手をとった。

「ウィッテンコートさんですね。わたし、キャットです。ジャックの友人の。電話でお話ししましたよね」

女史《じょし》はうなずいた。

「初めまして。それで、ジャクリーヌ嬢《じょう》は、この中？」

「はい。今夜うまくいけば、ジャックを説得《せっとく》して、ステージで演奏《えんそう》させることができると思うんです。もし、そうなれば、ジャックは障害《しょうがい》を乗り越《こ》えたことになるんですよね？」

「彼女《かのじょ》が、ここで、この聴衆《ちょうしゅう》のために演奏《えんそう》できれば、確《たし》かにそうです。演奏《えんそう》活動を再開《さいかい》する方向へ、心理的に大きく前進したといえるでしょう」

「そうなったら、すごいことですよね。だって、ジャックみたいな才能《さいのう》がある人にとって、やめることは死ぬことだっておっしゃったんでしょう？」

ウィッテンコート女史《じょし》は、深刻《しんこく》な顔でわたしを見た。口を真一文字《まいちもんじ》に結んでいる。

それから、図書館の入口へ目をやり、ようやくこたえた。

「そうです。たしかにそういいました」

女史《じょし》は、想像《そうぞう》していたより、うんと小柄《こがら》だった。ほとんどジャックと同じくらいだ。真っ白な髪《かみ》を無造作《むぞうさ》にかきあげ、団子《だんご》に結《ゆ》ってピンでとめている。瞳《ひとみ》は矢車草《やぐるまそう》のように青く、輝《かがや》いている。

「じつは、ウィッテンコートさん。ここに来ていただいたのは、ジャックのことだけじゃないんです。もし、わたしが願っているように事が運べば、あなたはべつの演奏《えんそう》も聞くことになるんです。ジャックのとは、べつの」

ウィッテンコート女史《じょし》は、わたしの話をちゃんと聞いていないようだ。まるで初めて見たみたいに、廊下《ろうか》から図書館の中をのぞき見ている。無理もない。当時ここは図書館ではなく、音楽室だったのだから。

とても歌とは思えないブルックリンたちのかん高い叫《さけ》び声にもめげず、女史《じょし》は意を決したように、ドアのほうへ足を踏《ふ》みだした。

心臓《しんぞう》が激《はげ》しく打って、胸《むね》から飛びだしそうだ。これほどドキドキするとは思ってもいなかった。だが、すべては計画どおりに動き始めたのだ。今、ウィッテンコート女史《じょし》は図書館の入口に立ち、中をながめている。

さあ、いよいよショーの始まりだ。

18 アヴェ・マリア

ジャックが、席にすわったままキョロキョロしている。わたしがトイレから帰ってこないので心配しているのだろう。

わたしは見つからないように、ステージの光がとどかない部屋の隅《すみ》にかくれた。まだ、見られるのはまずい。ステージでは、おぞましいブルックリンたちの「愛は翼《つばさ》にのって」が、すでに後半にさしかかっている。

わたしは急いで、スザンナの霊《れい》を初めて見た書架《しょか》のほうへ行った。書架《しょか》と壁《かべ》のあいだの、観衆《かんしゅう》からは見えない空間に立って、わたしはスザンナにささやきかけた。

「スザンナ。スザンナ・ベニス。出てきて。彼女《かのじょ》を連れてきたわ」

たちまち、スザンナは現《あら》われた。急いで飛びこんできたかのように、白っぽい金髪《きんぱつ》のおさげが揺《ゆ》れている。

その瞬間《しゅんかん》、わたしは急に弱気《よわき》になった。こんなこと、ほんとはすべきじゃなかったのかもしれない。こんな計画、うまくいくんだろうか？

でも、スザンナは、深い底なしの井戸《いど》のようなうつろな瞳《ひとみ》で、わたしをじっと見つめている。

「ウィッテンコート女史《じょし》を、ここに連れてきたの、スザンナ。ここなら、女史《じょし》にあなたの演奏《えんそう》が聞こえる。そしたら、あなたをここから解《と》き放《はな》つことができるわ」

「ここにいるの？」

「すぐそこ。だから、彼女《かのじょ》のために演奏《えんそう》して」

「もうひとりの彼女《かのじょ》は？　なぜ、彼女《かのじょ》はやめたの？」

「そっちのほうも、今夜、ここで決着をつけるつもりよ。あなたの演奏《えんそう》は、ここにいる人たちには聞こえないと思うの。聞きとるには、ものすごくすぐれた音楽的才能《さいのう》が必要だから。でも、ウィッテンコート女史《じょし》には聞こえるはず。それから、もうひとり、ジャックにも。だって、あの朝、あなたが吹《ふ》いた『アヴェ・マリア』が聞こえたんだもの。わたしジャックに、あなたといっしょに演奏《えんそう》させるつもりなの。すぐに、演奏《えんそう》を始めてちょうだい。ジャックを説得《せっとく》して、なんとしてもあなたと合奏《がっそう》させるから。ジャックは、自分のためには弾《ひ》こうとしないだろうけど、あなたとウィッテンコート女史《じょし》を助けることになると思えば、弾《ひ》くかもしれない。わたしのいうこと、わかってくれた？　スザンナ」

うつろな表情《ひょうじょう》のまま、スザンナはうなずいた。理解《りかい》していようがいまいが、もう時間はないのだ。

ステージのブルックリンたちは歌い終わり、まばらな拍手《はくしゅ》に酔《よ》っている。わたしはすばやく書架《しょか》のあいだをぬけて、ステージにあがった。そして、目をつりあげているブルックリンを無視《むし》して、マイクをとった。

「今夜は、もうひとつパフォーマンスがあります。クラシックの演奏《えんそう》です。でも、演奏者《えんそうしゃ》を紹介《しょうかい》する前に、お知らせしたいことがあります。この学校の音楽奨学金制《しょうがくきんせい》度《ど》が再開《さいかい》されるというニュースです。そのスザンナ・ウィッテンコート・ベニス音楽基金《ききん》は、同名の生徒を記念して設立《せつりつ》されました。スザンナ・ベニスは、ものすごく才能《さいのう》のあるフルート奏者《そうしゃ》でしたが、この学校の高等部の生徒だった一九六〇年、亡《な》くなりました。だから、音楽学校に進むことができず、期待された輝《かがや》かしい音楽家としての道を歩むことができませんでした」

観客席に、ジャックの顔が見える。どうなってるの？　という顔で、ポカンと口を開けている。だが、わたしは、すぐにジャックから目をそらした。スザンナのいるほうに目をやり、こっちに来てわたしのそばに立ってくれるよう、小さく手招《てまね》きした。さらに、マイクを離《はな》して小さくつぶやいた。

「来て、スザンナ。フルートを持って」

わたしは、マイクを口にもどすと、また話し始めた。

「みなさん、うれしいことに、スザンナ・ベニス基金《ききん》の再開《さいかい》を祝《しゅく》して、特別ゲストをお招《まね》きすることができました。ウィッテンコート先生です。先生は、みなさんのご両親がまだ生まれてもいないころ、この学校の音楽の先生をなさっていたかたで、この基金《ききん》の創設者《そうせつしゃ》です」

ウィッテンコート女史《じょし》は、みんなから離《はな》れた壁際《かべぎわ》にチェロを支《ささ》えて立ち、ステージを一心《いっしん》に見つめている。

わたしは、ステージの真ん中に目をやった。すでに、スザンナが立っている。スザンナの姿《すがた》は、いつもよりさらに平面的《へいめんてき》に見える。こちらとの交信《こうしん》に多くのエネルギーを使い、弱っているのだろうか。

「みなさん、ウィッテンコート先生に大きな拍手《はくしゅ》を！」

もうこの時点で、すっかり命令されるのに慣《な》れてしまった観衆《かんしゅう》は、いわれるままに拍手《はくしゅ》をした。ウィッテンコート女史《じょし》は、拍手《はくしゅ》にこたえて小さく手をふった。

「さあ、それでは、おしゃべりはこれくらいにして……。みなさんは、廊下《ろうか》やカフェテリアでチェロをひっぱって歩いている彼女《かのじょ》のこと、もうご存《ぞん》じですよね。今年のスザンナ・ウィッテンコート・ベニス音楽基金《ききん》のオーディションをかねて、今夜ここで、バッハの『アヴェ・マリア』を演奏《えんそう》するのは、ジャクリーン・グレイです！」

ジャックの口が、さらに大きく開いた。首を激《はげ》しくふり、明らかに拒否《きょひ》を表明《ひょうめい》している。だが、ウィッテンコート女史《じょし》は、わたしとの打ち合わせどおり、チェロをひっぱってステージにあがった。わたしはステージから跳《と》びおりると、ジャックの前にすべりこんで、ひざをついた。

ジャックが声をおさえて叫《さけ》んだ。

「キャット、頭がおかしくなったの？　こんなこと、ありえないよ！」

「ジャック、ステージを見て。スザンナが見える？」

ジャックは、ステージへ目を向けた。スザンナがフルートを手に、がまん強く待っている方へ。

「見えない」

「じゃあ、わたしのいうことを聞くしかないわね。今、スザンナが、フルートを持ってステージに立ってるの。今から吹《ふ》こうとしてね。でも、あなたの演奏《えんそう》なしには吹《ふ》けないの。これは、スザンナが最後に受けたオーディションのやりなおしなのよ。ほら、スザンナと二重奏《にじゅうそう》するはずだった、髄膜炎《ずいまくえん》で倒《たお》れたあの子、チェロ奏者《そうしゃ》だったの。ジャック、ウィッテンコート女史《じょし》がそういったの。さあ、これが、すべてを解決《かいけつ》するたったひとつの方法よ。スザンナは、あなたとだったら、演奏《えんそう》する。そして、ウィッテンコート女史《じょし》には、それが聞こえる。スザンナの音楽が、まだこうして生きつづけていることがわかれば、女史《じょし》は罪《つみ》の意識《いしき》から解放《かいほう》されるの。ジャック、あなた、演奏《えんそう》しなきゃならないのよ、このふたりのために。あなたのいう、わたしの才能《さいのう》が、スザンナをここに連れてきた。でも、わたしにはこれ以上のことはできない。ここからは、あなたしか、できないのよ」
ジャックは、口をつぐんでいる。わたしも、それ以上何もいえなかった。必要なことはいってしまった。過不足《かふそく》なくいったつもりだ。これからのことはジャックにかかっている。でも、ジャックは、永遠《えいえん》とも思える長いあいだ、凍《こお》ったように動かなかった。

それから、ようやく、ジャックがのろのろと動きだした。ステージを見ると、スザンナのうつろな目が、ジャックの一挙一動《いっきょいちどう》を追っている。

ジャックは、静かにステージにあがった。ウィッテンコート女史《じょし》がケースからだしたチェロを、だまって受けとった。この奇妙《きみょう》な師弟《してい》は、一瞬《いっしゅん》、激《はげ》しく見つめ合った。それから、女史《じょし》はステージを降《お》り、また壁際《かべぎわ》にもどって壁《かべ》を背《せ》に立った。
そのとき、わたしの背後《はいご》から声があがった。

「何よ？　この間延《まの》びした時間！　演奏《えんそう》すんの？　しないの？　はっきりしてよ。もうすぐダンスが始まるってのにさ」

わたしはふりむくと、ブルックリンに向かっていってやった。

「静かにしなさいよ！」

たちまち、ブルックリンの顔がいつもの不愉快《ふゆかい》な顔に変わっていく。頬《ほお》をくぼませ、くちびるをすぼませ、目をいやらしく細めて憎《にく》たれ口をたたき始めた。

「静かにしなかったら、どうだってーの？　キャツラヴィーナ。水晶玉《すいしょうだま》でも投げつける気？」

「おとなしく待ってなさい。すぐに、わたしのすることがわかるから。でも、あなたはきっと、それがおきらいでしょうけど」

ブルックリンは立ちあがると、観客のほうを向いて呼《よ》びかけた。

「終わり、終わり！　みんな、行こう。体育館に行って、ダンスパーティー、始めるよ！」

二、三人の子が立ちあがろうとした。ほとんどがショシャーナ軍団《ぐんだん》だ。

ブルックリンは、大げさな身ぶりでドアのほうへ歩いていくと、怒《いか》りをぶつけるようにいった。

「もう終わったんだよ！　このショーは」

観客はぶつぶついい出し、ブルックリンのいうように、もう終わったのかな？とまわりを見まわしている。

ジャックは、チェロをかまえてイスにすわったまま、まだ弾《ひ》きださない。からだが、コチコチにかたまっているように見える。

「みんな！　行くよ！」ブルックリンがまた大声を張《は》りあげた。

観客はゴソゴソし始め、二、三人が立ちあがった。

そのとき、わたしの耳に、澄《す》んだフルートの調べが聞こえてきた。あのとき図書館で聞いた「アヴェ・マリア」が。

この音楽は、ここにいる観客の耳には聞こえていないはずなのに、どういうわけだろう？　みんなはしだいに静かになっていく。そして、スザンナが第二小節のメロディーに入るころには、この部屋の聴衆《ちょうしゅう》全体が静まり返り、何かが始まるのを待っていた。

ジャックが、催眠術《さいみんじゅつ》にでもかかったように、弓をあげた。そして、スザンナが吹《ふ》き始めた第三小節に合わせて、チェロを弾《ひ》きだした。

ジャックのチェロが最初のメロディーを紡《つむ》ぎだしたとたん、一瞬《いっしゅん》にして、わたしの周りから世界がすべり落ちた。耳になじんだスザンナの「アヴェ・マリア」を支《ささ》える、ジャックのチェロの流れるような旋律《せんりつ》が、わたしをすっぽりと包《つつ》んだ。

チェロの深いひびきが、胸《むね》の奥《おく》までとどき、わたしの体を内側から揺《ゆ》さぶる。チェロの音色《ねいろ》があまりにも豊《ゆた》かで、深く、清らかで、わたしは体がイスから浮《う》きあがるのを感じた。わたしはすっかり心を奪《うば》われ、しびれたように動けなかった。

ジャックは目を閉《と》じ、ほんの少し体を揺《ゆ》らしながら弾《ひ》いている。ジャックのもとから、音楽は、汲《く》んでもつきない泉《いずみ》のように流れだし、その美しくも心さわぐ力強いひびきに、わたしは今にもおぼれそうだ。これは生まれて初めて聞いたもっとも美しい音……。

ジャックの母親の信じるとおり、ジャックは天才だ。彼女《かのじょ》の才能《さいのう》は、まさに本物だ。スザンナとの二重奏《にじゅうそう》は美しくからみ合い、完全にひとつのものになっている。どこでチェロが終わりどこでフルートが始まったのか、まったくわからない。

もともと短い曲は、最後にふたつの楽器が同じメロディーを奏《かな》で、静かに終わった。長い静寂《せいじゃく》のあと、みんなはいっせいに立ちあがり、足を踏《ふ》み鳴らして、割《わ》れんばかりの拍手《はくしゅ》を送った。まるで、ボノがU2のメンバーを従《したが》えて、ステージにあがってきたみたいに。

ジャックはピクリとも動かなかった。チェロを抱《だ》いてすわったきり、弓を持ったまま頭を垂《た》れている。だが、スザンナは、拍手喝采《はくしゅかっさい》している聴衆《ちょうしゅう》を見まわしていた。

わたしはウィッテンコート女史《じょし》をふりかえった。女史《じょし》は拍手《はくしゅ》をしながら、涙《なみだ》を流していた。彼女《かのじょ》の表情《ひょうじょう》には、わたしの知りたかったすべてが表れていた。女史《じょし》は聞いたのだ。ふたりの生徒が演奏《えんそう》するのを。生きている生徒と、亡《な》くなった生徒。ふたりとも、ただただすばらしい才能《さいのう》だ。

部屋の空気が電気を帯《お》び、髪《かみ》の毛が逆立《さかだ》ってくるのがわかる。エネルギーはこの図書館に蓄積《ちくせき》され、ますます高まっている。何か予期せぬたいへんなことが起こりそうな気配《けはい》に、ショシャーナ軍団《ぐんだん》さえ気づいたようだ。

ステージを見れば、ジャックはまだじっと動かないが、スザンナは変身しつつあった。わたしがおどろいて見つめるうち、スザンナの目に生気《せいき》がもどり、平面的《へいめんてき》だった体がふくらんで、立体的《りったいてき》になってきた。ほんのしばらく、スザンナは、ほんとうに生きて呼吸《こきゅう》している生身《なまみ》の人間に見えた。

「ねえ、あそこにいる女の子、だれ？」とだれかがいった。

そのときだ。バーンとものすごい音がして、図書館のすべての照明が消えた。だれもが、完全な闇《やみ》の中に取り残された。

よく考えれば、最初から、こんなふうな停電を予想して計画を立てることだってできたのだ。

スザンナにとっては、姿《すがた》を消すのに好都合《こうつごう》だし、ジャックは、ゆっくりと時間をかけて催眠状態《さいみんじょうたい》から回復《かいふく》できたし、わたしは、だれにもじゃまされず、ウィッテンコート女史《じょし》を図書館からみちびきだせたのだから。とにかく、仕上げとしては、この停電は完璧《かんぺき》だった。

おそらく、これは、スザンナがいつものような現《あら》われかたではなく、なんらかのエネルギーの変換《へんかん》をやってしまったせいだろう。それが電気に作用《さよう》して、避雷針《ひらいしん》みたいな機能《きのう》を果《は》たしたらしい。

電灯はまもなくついたが、その前にわたしは手さぐりで出入口まで行き、ウィッテンコート女史《じょし》のチェロをかかえて、女史《じょし》を廊下《ろうか》の先の出口へとみちびいた。そこにタクシーが来ることになっているのだ。女史《じょし》は、まだ涙《なみだ》をぬぐっていた。女史《じょし》とふたりきりになると、わたしは落ち着かなかった。霊媒師《れいばいし》の役目としては、わたしがもっとも苦手《にがて》とするところ、つまり、生きている人間を相手にする場面だ。ウィッテンコート女史《じょし》は、たった今、たいへんな経験《けいけん》をしたばかり。何十年ものあいだ、姪《めい》の音楽と生命を自分の手で終わらせてしまったという自責《じせき》の念《ねん》に苦しんだ末、とうとう、その姪《めい》の音楽を聞き、姪《めい》の生命を感じることができた。自分の生徒であった姪《めい》の命も音楽も、女史《じょし》が考えていたように永久《えいきゅう》に失われてしまったのではないことがわかったのだ。

だが、その女史《じょし》に対し、わたしはどう接《せっ》すればよいのだろう？　こんなとき、人は何か話しかけてほしいのだろうか。あるいは、完全にひとりにしてほしいのだろうか。新米《しんまい》で未経験《みけいけん》のわたしは、途方《とほう》にくれた。

ヘッドライトが近づいてきて、天井《てんじょう》に黄色いランプをつけたタクシーが着いた。わたしはドアを開けて、ウィッテンコート女史《じょし》が乗りこむのを待ち、運転手に合図して、チェロをトランクにいれるのを手伝ってもらった。女史《じょし》が乗りこむとき、わたしは腕《うで》にふれて声をかけた。

「ウィッテンコートさん……」

でも、なんといっていいのかわからない。

女史《じょし》はふりかえり、青い明るい瞳《ひとみ》でわたしを見た。ひと言もしゃべらなかったが、一度だけうなずいた。

ええ、聞こえたわ。わたしにはわかりました。そういう顔だった。

わたしは役割《やくわり》を果《は》たしたのだ。霊媒師《れいばいし》としての仕事が、ちゃんとできたのだ。女史《じょし》が乗りこむのを見ながら、わたしはちょっと泣きそうになった。母さんに会いたい。会って、きょうのことを全部話したい。うまくやりとげたことを母さんにほめてもらいたくて、このまま走って家に帰りたくてしかたがなかった。でも、まだやることがある。

ジャックをさがすため、図書館へ入ろうとすると、廊下《ろうか》に飛びだしてきたショシャーナ・ロングバロウとぶつかった。

「あ、キャット。ごめんなさい、見えなかったの」

これが一週間前だったら、わたしはきっと、このショシャーナの「ごめんなさい」は、うそだと思っただろう。わざとぶつかったにちがいないと。でも、ブルックリンがわたしに宣戦布告《せんせんふこく》して以来、わたしはショシャーナが変わったような気がしてならない。

ブルックリンが、みんなの前であからさまにわたしを侮辱《ぶじょく》したとき、ショシャーナが居《い》あわせたこともあったのに、決してブルックリンに加担《かたん》しなかった。いったい何が、ショシャーナを変えたのだろう？

「おばあさまのことは、ほんとうにお気の毒《どく》だったわ」わたしは思わず、そんなことを口にしていた。

でも、きょうのようなことを経験《けいけん》し、やりとげたあとは、わたし自身も生まれ変わったような気持ちになっていたことは確《たし》かだ。

「ああ、ありがとう」ショシャーナの目に涙《なみだ》がにじんでいる？「わたし、祖母《そぼ》とはとっても仲がよかったから。でも、実際《じっさい》、この二、三日で、ずいぶん気が軽くなったの。だって、わたし祖母《そぼ》に……、まあ、そんな感じ」

わたしは何とこたえればいいのかわからず、ただ突《つ》っ立っていた。ショシャーナは歩き去ろうとしたが、ちょっととまった。

「あのね、ブルックリンが、あなたとお母さんについていってたことだけど、わたし、賛成《さんせい》してるってわけじゃないの。ブルックリンって、ときどき、すっごく癖《くせ》が悪くなるのよね。彼女《かのじょ》のやること、抑《おさ》えられないこともあるわけ。でも、とにかく、ブルックリンには今度いうつもり。もっと、ちゃんとしなって。このごろ、とくにだめになってるから」

わたしはおどろいてしまった。たしかにショシャーナは、わたしの家の怪奇現象《かいきげんしょう》をブルックリンに話したことを、あやまりはしなかった。そういう点では、ショシャーナはあいかわらず、取り巻《ま》き連中を従《したが》えた女王で、これからもきっとそうだろう。

それでも、ショシャーナが今わたしにいったことは、わたしにとって、すごく大きな意味がある。もちろん、ショシャーナはジャック・グレイではない。決してジャックの代わりにはなりえない。でも、ブルックリン・ビゲローと同じでもない。このことは、けっこう励《はげ》まされることだ。

ショシャーナは歩き去ろうとしながら、最後にいった。

「ところで、さっきのは見事だったね、あなたがジャックに演奏《えんそう》させたのは。少なくとも、さっきのショーに、本物がひとりはいたってことよね」

ショシャーナは肩越《かたご》しにそういうと、体育館のほうへ急ぎ足で歩み去った。これから、ダンスパーティー会場を取りしきるというたいへんな仕事に取り組むわけだ。

その飾《かざ》りたてられた会場が、思わぬことになろうとは！

わたしは、やっと体育館でジャックを見つけた。ジャックは、飲み物のテーブルの横に立っていた。ウィッテンコート女史《じょし》のことを話したくてたまらなかったわたしは、ジャックの顔が怒《いか》りで真っ赤になっているのを見てびっくりした。

「まったく、あなたって人は！」とジャックが叫《さけ》ぶ。

「え？　なんのこと？」

「わかってるはずよ。友だちだと思ってたのに。あなたにだけしか打ち明けてなかったんだよ！　それなのに、大勢の前で、よくも、わたしにあんなことがやれたわね！」

わたしは、ショックで口がきけなかった。

「わ、わたし……、そんな……」

「あれは、わたしが経験《けいけん》した、もっとも低級な、もっとも卑劣《ひれつ》なことよ。キャット、わたし、あなたのこと、わかってるつもりだった。わたしたち、理解《りかい》し合ってると思ってたのに」

「でも、ジャック、あなた、弾《ひ》いたじゃない？　あなた、弾《ひ》いたのよ！」

「だって、あなたがあんなふうに追いこんだから」

「でも、……ジャック、あなた、障害《しょうがい》を乗り越《こ》えたのよ。弾《ひ》けたんだもの。それに、あなたの演奏《えんそう》！　まるで天使が弾《ひ》いてるみたいだった！　それって、悪いことなの？」

ジャックの顔は、まだ怒《いか》りで赤くほてっていた。わたしは、コーラの入ったプラスチックのカップをとって、ジャックにわたした。

「あなた、わたしをわなにはめたのよ」

ジャックの声は、まだ怒《おこ》ってはいたが、さっきほどではない。わたしの観察が正しければの話だが。

「わかる、ジャック、あなたの気持ち。ほんとうにごめんなさい。わたし、急に思いついたのよ。きのう、あなたから図書館でのショーの話を聞いたあとに。そうだ、スザンナは図書館に現《あら》われるんだ！って。うまくやれるかどうか、そのときはまったくわからなかったの。わたしはただ、もし、ウィッテンコート女史《じょし》を図書館に連れてくれれば、スザンナは演奏《えんそう》するんじゃないかって思ったの。ただし、そのためには、あなたに演奏《えんそう》してもらわなくちゃならないってね」

「じゃあ、そう思いついたときに、なぜ、その計画をわたしにいってくれなかったの？　そんな華々《はなばな》しい役割《やくわり》を演《えん》じることをわたしがどう思うか、なんで知ろうとしなかったの？　まるで、ドッキリカメラみたいに、わたしをカモにして。わたしが演奏《えんそう》に問題を抱《かか》えてること、知ってるくせに！」

「でも、あなたに聞いたら、いやだっていわれると思ったから」とわたしはいいわけした。

「そのとおりよ、絶対《ぜったい》にいやだっていった。だって、いやだからよ！」

そういうと、ジャックはコーラを一気《いっき》に飲みほした。しまった！　カフェインが入って、ますます興奮《こうふん》してしまう。

わたしは、きわめておだやかに話した。

「わかってるわ。でもね、ジャック、あなた、やれたのよ。弾《ひ》いたのよ。あんなやりかたじゃいやだってことは、わかる。でも、弾《ひ》けて、うれしくないの？　あなた、ほかのだれにもやれないことをやったのよ。あのふたりを救ったのよ」

ジャックは、テーブルの上のクッキーを一枚《まい》とって、両面を調べ始めた。それから、それを皿にもどした。今度はブラウニーをとって、また調べだした。

「わたしがうれしいかうれしくないかは、まったくどうでもいいことよ」ジャックの声は、ずいぶんやわらかくなっていた。

ブラウニーの検査結果《けんさけっか》は満足のいくものだったらしい。食べたから。

「どうでもよくないわ」わたしは、ジャックのわきに腕《うで》をすべりこませた。「ジャック、あなたって、やっぱり天才よ！　あなたの、あんな演奏《えんそう》が聞けるなんて……わたし、思ってもみなかった！」

「そんなにおだてがきくとも、思ってなかったでしょ」と、ジャックがぶつぶついった。

確《たし》かに、うまくきいたようだ。

このときを見計らったように、ブルックリン・ビゲローが割《わ》りこんできた。

「あたしらのパフォーマンスのせいで、あんたの演奏《えんそう》が目立たなかったね」さらに、ブルックリンは立ち去り際《ぎわ》につけくわえた。「悪かったね、負け犬にしちゃって」

ジャックとわたしは思わず顔を見合わせ、同時に吹《ふ》きだしてしまった。

「てことはよ、ジャック、ブルックリンは、あなたに見せつけたつもりだったんだ！」

「これじゃ、最終選考《せんこう》までとても勝ち残れそうにないなあ」ジャックは笑いながら、さも残念そうにいった。

わたしはいきなり、ジャックの手をとった。

「ジャック、ほんとに悪かった。まだほんきで怒《おこ》ってる？　わたし、思ったの、っていうか、直感《ちょっかん》したの。やんなくちゃって。スザンナはフルートを吹《ふ》き、あなたはチェロを弾《ひ》き、ウィッテンコート女史《じょし》はその二重奏《にじゅうそう》を聞く！　それが、すべてを正してくれると思ったのよ。でも、親友を失いたくはないわ」

「あなたは、たったひとりの友だちだよ」ほほえみをかくすために、ジャックが口をとがらしていった。

「あなただって、わたしの唯一《ゆいいつ》の友だちよ。唯一《ゆいいつ》の友であり、親友よ」

ジャックが、わたしにクッキーをわたした。

「ひょっとしたら、虫が入ってるかも。このあかりじゃ、よくわかんないんだもん」

わたしは、パクッと食べていった。

「すごくカリカリしている」

「やっぱり、虫だ。きっとコガネムシだよ」

「たんぱく質《しつ》だわ！」

体育館の真ん中では、ブルックリンが、最新流行の曲に合わせて踊《おど》りだしていた。

ビヨンセの最近のビデオの踊《おど》りを真似《まね》しているらしいが、どうも、あまり似《に》てるとはいえない。

踊《おど》るブルックリンの頭上《ずじょう》には、色紙の星や月や宝石《ほうせき》を貼《は》りつけたテープや旗がぶらさがっている。そのひとつが落ちてきて、ふんわりとブルックリンの頭の上にのっかった。だが、本人は気づかずに、しまりのない腰《こし》ふり踊《おど》りをつづけている。

「ああ、あの動きが飾《かざ》りを引きよせてるんだね」とジャックがいったので、わたしも笑ってしまった。

ところが、まるでそれが合図になったかのように、べつの切り紙細工《ざいく》がはがれて落ちてきて、ブルックリンの胸《むね》に、セロテープの面を下にしてのっかった。

ブルックリンは、それを見ると、初めっからないに等しい踊《おど》りのリズムを、くずさないように気をつかいながら、払《はら》いのけようとした。

たちまち、あっちこっちから切り紙細工《ざいく》がはがれ落ちてくる。星、ダイヤモンド、さらにテープも何本もはがれて、ヒラヒラと落ちてきた。まるで、見えない力にみちびかれるように。

ダイヤモンドはブルックリンの腰《こし》にくっついた。星と月が両ひざに。テープは首に落ちかかって、ブルックリンがふり落とそうとすると、かえってスカーフのように巻《ま》きついた。赤い三日月がほおに貼《は》りつき、大きなキスマークのようだ。

アッという間にブルックリンの体は、切り紙細工《ざいく》の天体を散りばめた宇宙《うちゅう》の様相《ようそう》を呈《てい》した。ひとつを引きはがすたび、べつのが落ちてきてくっつく。ほかの者にはなぜかまったく落ちてこないし、くっつかない。それに、はがしてやる者もいない。

ふと、ブルックリンと目が合ったので、わたしはウィンクしてやった。そのとき、後ろのほうからどなり声が聞こえた。

「ブルック！　あなたいったい、何やってるの？」ショシャーナが、猛《もう》スピードでわたしたちのわきをかけぬけ、ブルックリンのほうへ走っていく。

「これをすべて切りぬくのに、いったいどれだけ時間がかかったって思ってるの？　わたしひとりで、全部切らなくちゃならなかったのよ!!　あなたなんかに、おもちゃにしてほしくないわ。まったく、何よ！　全部台無《だいな》しにしちゃって！」

ブルックリンは、必死になって説明しようとしているが、最近見たドキュメンタリー番組「動物惑星《わくせい》」の中のツルの鳴き声としか聞こえなかった。

ショシャーナは、星に飾《かざ》られたブルックリンの腕《うで》をギュッとつかんで、引きずるように体育館から出ていった。

「あれって、いったい、なんだったんだろうね？」ジャックはまだ大笑いしている。

わたしは、ジャックがくれた虫入りクッキーを小さくかじった。

「たぶん、スザンナ・ベニスの置き土産《みやげ》じゃないかしら」

19　夜の図書館

ジャックとわたしは、母さんの特別のはからいで、ダンスパーティーを早めに退《たい》場《じょう》して中華《ちゅうか》レストランに行くと、ふたりだけで食事をした。前菜として、わたしたちは「プープープラッター」を注文して、おおいにおもしろがった。でも、ウェイターは、わたしたちがおもしろがっている理由を理解《りかい》してくれなくて、こっちを見るたび、にらみつける。

「プープープラッター――」ジャックはさっきから何度も口にして楽しんでいる。

「プープ――」

「巨匠《きょしょう》、もう、わかったってば」わたしは、ウェイターの顔を気にしながらジャックにいった。「おなかがすいて死にそうなんだから、ここを追いだされたらこまるでしょ」

「はいはい、まじないばあさん。おっしゃるとおりにいたします」

わたしは笑って、緑茶をひと口すすった。

「キャット、わたしたち、ほんとにスザンナを救えたの？　ウィッテンコート女史《じょし》も？」

「ええ、わたしたち、ふたりとも救ったの。そして、ジャック、あなたがその立役者《たてやくしゃ》だったのよ。今はもう、ふたりとも心配ないわ」

「確《たし》か？」

「ええ、自信ある。わたし、ウィッテンコート女史《じょし》といっしょにいたんだもの。タクシーを待って」

「そのとき、女史《じょし》は何かいった？」

「なんにもいわなかった。ひと言も。でも、あの表情《ひょうじょう》は…。わたし、女史《じょし》の顔を見ただけで、心が変化しているのがわかった。重荷《おもに》がとれたっていうか……。女史《じょし》、タクシーに乗る前にね、わたしにこんなふうにうなずいたの。もうだいじょうぶよっていうように」

「わたしについては、何もいわなかったんだね？」

ジャックは、砂糖《さとう》を三袋《ふくろ》も、お茶の中にあけた。

「ジャック、女史《じょし》は泣いてたのよ。あの涙《なみだ》は、スザンナのせいだけじゃない。あなたのための涙《なみだ》でもあったのよ。わたしにはわかる。あれは、うれし涙《なみだ》だわ」

「うれし涙《なみだ》か……。あすのレッスンはおもしろくなりそうだ」

「わたしも行けたらいいのになあ！」ジャックの演奏《えんそう》をきいてからというもの、わたしはとりこになってしまった。「絶対《ぜったい》、あなたに奨学金《しょうがくきん》くれると思う！　ドーナツ十ドル分、賭《か》けてもいいわ」

「やめてよ、まじないばあさん。しばらくは静かにしといて。どうするか、わたしが決めるまではね」そういって、ジャックがニヤリと笑ったので、わたしも笑い返した。

そのとき、プープープラッターが運ばれてきた。チキン、海老《えび》、蟹《かに》、春巻《はるまき》……、いろんなものが少しずつ盛《も》り合わせてある。

「おいしそう！　ところで、ジャック、どういう意味？　どうするかって決めるって」

ジャックは、ねぎの入ったホットケーキみたいなものを、外科医《げかい》のような正確《せいかく》さで四つに切り、そのひとつを真剣《しんけん》に観察してから、やっとちょっぴりかじった。

「いったとおりの意味よ。確《たし》かに、また弾《ひ》けるようになったのは、悪くないの。でも、それは問題の一部でしかないってのが、わかったの。今度は、本当に弾《ひ》きつづけたいのかどうかを、わたし自身が決めなくちゃならない。だから、奨学金《しょうがくきん》をもらえても、もらわないかも」

「でも……でも……」

わたしは落ち着くために、お茶を注ぎながら考えた。ジャックの問題が、そんなにややこしいことだなんて思ってもみなかった。

「キャット、あなたがこんがらがるのも無理ないよ。でも、考えてみてほしいの。音楽はわたしの生まれながらの才能《さいのう》、それはわかってる。でも、わたしには、前奏《ぜんそう》みたいな期間がほとんどなかったんだよ。あなたの場合とちがってね。わたしには、プロの演奏家《えんそうか》になるってことがどんなことか、研修《けんしゅう》と練習のみの生活を続けて、自分の全人生を音楽にささげるってことがどういうことか、まったく考える機会がなかったの。あなたは、その過程をちゃんと経《へ》てきたよね。最初わたしたちが出会ったころは、亡霊《ぼうれい》が見えることをみとめたばかりだった。それだって、すごい勇気だと思うよ。その後、自分が特別だってことを他人にも知られていいかどうか、十分《じゅうぶん》まよって、そして今は、自分が霊媒師《れいばいし》だってことを受けいれた。苦労はあっても、とにかくこれから先も霊媒師《れいばいし》として生きていくことをね。つまり、自分の才能《さいのう》を使って生きるってことを決意したわけよ」

わたしはうなずきながら、なんだか自分が急におとなびたような気がした。そして、ジャックの異常《いじょう》なくらい真剣《しんけん》な顔を見ながら、お茶をすすった。

「でもね、わたしの場合はちがうの。生まれつき、やれるからやってるけど、今までだれも、わたしに何がやりたいのか聞いてくれなかった。わたしも幼《おさな》かったから、自問自答《じもんじとう》することもできなかった。自分の人生を自分で決める権利《けんり》があることさえ知らなかった。だって、四歳《さい》のころにはもうレッスンを始めてたんだもん。うまく弾《ひ》けたから、これが自分の人生だってことになっちゃってたんだけど、でも、本当は、うまかったからっていうより、母が望んだからなんだよね」

そこが、ジャックの母親とうちの母さんとのちがうところだ。母さんは、わたしに霊《れい》が見えるようになったことを知っていた。でも、わたしが自分からそれを受けいれるようになるまで、待っててくれたのだ。

わたしは聞いた。

「あなたのお母さんは、正確《せいかく》にいうと、どうだったの？　自分でも演奏家《えんそうか》になりたいっていう強い望みを持ってたのに、なれなかったわけ？」

「そうともいえるし、ちがうともいえる。ちょっと、ちょっと、この揚《あ》げたの、食べた？　この味は、まさに一遍《いっぺん》の詩よ！」

そのとき、ちょうどわたしも、その揚《あ》げものを口にいれたばかりだった。そこで、口を指さしながら、激《はげ》しくうなずいた。

「でしょう？　ねえ？　ま、とにかく、うちの母の話よね。母の両親って人たちは、音楽のこと、それほどたいせつだと考えなかったみたいなんだ。女の子が身につける教養《きょうよう》のひとつぐらいに考えてたようね。絵とか、バレーとかみたいに。それが、母の場合はビオラだっただけ。演奏家《えんそうか》になるなんて選択《せんたく》はなかったの。世代《せだい》の問題だよね。母に期待されていたのは、ちゃんとした妻《つま》になることだったのよ」

うちの母さんのような特別な世代《せだい》とは、またべつの世代《せだい》の問題だ。ジャックの母親は、うちの母さんより、少なくとも十歳《さい》くらいは年上に見える。とにかく、何から何まで母さんとはちがう人だ。

「あなたのお母さんは、自分が両親にされたように、あなたにした。つまり、あなたに代わって決定しちゃったってわけね」わたしは揚《あ》げものを食べ終えると同時に、そういった。

「そのとおり。そして、そのことが、カーネギーホールのリハーサルで、わたしが弾《ひ》けなくなっちゃったことと関係してるような気がするの。わたしの体が、その問題を自分の手に取りもどそうとして、それで突然《とつぜん》弾《ひ》けなくなったんじゃないかな。今はもう、弾《ひ》けるようになったんだけど、でも、より重大な問題は残されてる。つまり、わたしが何になりたいかってこと。演奏家《えんそうか》になるのが当然だっていう前提《ぜんてい》で奨学金《しょうがくきん》を受けるようなことはしたくない。決めるのは、わたしだから」

そういうと、ジャックは、切り開かれて蝶《ちょう》の形になった海老《えび》を、一生懸命《いっしょうけんめい》切り始めた。

「でも、ジャック、わかってるでしょ？　いつかは、あなたのそんな気持ち、お母さんに打ち明けなきゃいけないと思うわ」

ジャックが顔をしかめ、さらに激《はげ》しくナイフを動かした。すると、突然《とつぜん》、半分に切れた海老《えび》がポーンと飛んでいき、水槽《すいそう》に当たってテーブルの下に転《ころ》がりこんだ。

ジャックはあわてたが、空飛ぶ海老《えび》を目撃《もくげき》したのがわたしだけだとわかると、ケラケラ笑いだした。いつものように、ジャックの笑いが伝染《でんせん》して、わたしたちふたりは大笑いした。カウンターにいたウェイターが、不審《ふしん》な顔でこちらをにらんでいる。

ジャックのいった通り、ジャックはわたしの唯一無二《ゆいいつむに》の親友だ。それにしても、この友は、なんといろんな面をもってるんだろう！　ヨーヨーマの赤毛版《ばん》みたいにすばらしくチェロを弾《ひ》くかと思えば、ファーストレディみたいな服を着てスターのゴシップ雑誌《ざっし》を夢中《むちゅう》になって読んでいる。しかも、うちの母さんをべつにすれば、わたしが出会った中でもっとも正直な人間。でも、その、何事にも、だれに対しても正直なジャックが、自分の母親には正直になれない。それはちょうど、わたしが初めて霊《れい》を見たときに経験《けいけん》したことと似《に》ている。

「ねえ、デザートには、あの揚《あ》げバナナ食べようね」とジャックがいった。

了解《りょうかい》。これ以上、あなたのお母さんのことは話しません！

「賛成《さんせい》。ひと皿ずつ注文しよう。母さんがいつもいってるわ。『毒《どく》を食らわば皿まで』ってね。あ、そうだ！　わたし、すっかりわすれちゃってた、あなたにいうこと！」

ジャックが顔をあげ、期待を込《こ》めた笑顔でわたしを見た。

「わたしたちふたりに、っていっても、正確《せいかく》にいえば、わたしたちのものじゃないんだけど」わたしはバッグの中をさぐった。「きょう、ずっとバッグにいれて持ち歩いてたのに、見せるひまがなかったのよ」

「じれったいなあ！　早くだしてよ、まじないばあさん」

わたしは、やっとバッグからひっぱりだして、それをジャックの目の前に広げた。

「赤いバンダナ？」

「うん、マックスによ。今度うちに来るまで、あなたが持ってて。マックスにバンダナを巻《ま》くのは、あなただから」

ジャックは、とびっきりの笑顔でバンダナを受けとった。まるで、オーランド・

ブルームのサイン入りブロマイドをもらったみたいに。それから、ジャックはまた笑いだし、わたしも例によってつられて笑った。何がおかしいのか自分でもわからない。わたしたちは、ただただ、幸せだった。

そのとき、わたしはふと気づいた。となりのテーブルにやせた初老の男がすわっていて、こちらを見てほほえんでいる。その男性《だんせい》はニューヨークタイムズ紙を読んでいたが、一面には六〇年代の大統領《だいとうりょう》、リンドン・ジョンソンの記事。このレストランは老舗《しにせ》だとは聞いていたが、なるほど、そうか。わたしはその男性《だんせい》にほほえみを返した。彼《かれ》の食べているのは、今のメニューにはありそうもないものだった。

何かをもとめて出てくる亡霊《ぼうれい》は多い。だが、ただ見られることを望んでいるだけの亡霊《ぼうれい》も、たくさんいるのだ。そんな慎《つつ》ましい亡霊《ぼうれい》たちを見ることができて、わたしは幸せだと思った。

そのあと、わたしたちは、さらにチキンと野菜の蒸《む》し煮《に》とごはん、それに揚《あ》げバナナを食べ、今、わたしはひとりタクシーを待って、外に立っている。母さんは、わたしたちふたり分のタクシー代をくれた。ジャックは先に乗って、帰っていった。タクシーはすぐに来た。わたしは後部座席《こうぶざせき》に、ゆったりと腰《こし》を落ち着けた。どこのだれかもわからぬ乗客《じょうきゃく》になるのも、悪くない。ただ、乗って、運んでもらう。だれともしゃべることなく。

帰り道、タクシーは学校の横を通りすぎた。ダンスパーティーはとっくに終わって、校舎《こうしゃ》は完全に闇《やみ》の中にしずんでいる。

図書館のガラス窓《まど》が、月あかりを反射《はんしゃ》して、ふたつの目玉のように光った。

突然《とつぜん》、背筋《せすじ》がゾクッとした。

思いだしたのだ。あの図書館にいたのは、スザンナ・ベニスの霊《れい》だけではなかったことを。あの、パンチバッグのように浮《う》かんでいた黒い影《かげ》。おのれの邪悪《じゃあく》さでジージーうなりをあげていた、あれはまだ、あそこにいるのだ。

そして、さらに悪いことに、スザンナと交信《こうしん》したわたしは、あれに知られてしまっている。注意を引いてしまったのだ。しかもあれは、あそこから出ていきそうもない。

やっぱり、あのとき見たものをジャックに打ち明けよう。母さんにも。あれがなんなのか、みんなで調べなくては。そして、それからどうするかも。

でも、今は考えたくない。ちゃんと太陽がのぼってからにしたい。

車が大通りから横道に入り、闇《やみ》の中の学校が完全に見えなくなると、わたしはようやくホッとした。突然《とつぜん》、ダンス会場の切り紙細工《ざいく》におおわれたブルックリンを思いだして、あやうく笑い声をたてそうになった。

それから、ショシャーナのことが思いだされた。意外なことに、わたしが祖母《そぼ》のお悔《く》やみをいったとき、彼女《かのじょ》は礼儀《れいぎ》正しいふるまいを見せた。どういうわけだろう？ショシャーナはいった。「この二、三日で、ずいぶん気が軽くなったの。だって、わたし祖母《そぼ》に……」。なぜか、ショシャーナはそこで口をつぐんだ。なぜ？　ショシャーナは、うちの母さんのところへ力を借りに来たのだろうか？　そして、母さんが、祖母《そぼ》からのメッセージを伝えてあげた？

母さんは依頼者《いらいしゃ》のことは絶対《ぜったい》に話さないし、わたしもわざわざ聞くようなバカじゃない。だから、ショシャーナが母さんのところへ来たかどうか、疑問《ぎもん》のまま残ることになる。でも、わたしが感じたのは、それだけじゃない。

それは、希望ともいえるもの。女王のようなショシャーナが、思ったほど心の狭《せま》い人間ではないんじゃないかということ。また、いわゆるふつうの女の子たちが、みんなブルックリンのような人間ではないらしいということ。もし、腹《はら》を割《わ》ってつきあえば、人は見かけ以上のものかもしれないという期待のようなものだ。

タクシーが小道に入っていき、うちの前でとまった。家はほとんど真っ暗だが、台所だけが、蜜蝋《みつろう》のロウソクのやさしい黄金色の光で、ぼんやりと浮《う》かんで見える。中でマックスがほえだし、いつものように、わたしの心は愛情《あいじょう》でいっぱいになった。

そして同時に、母さんに会いたくてたまらなくなった。

将来《しょうらい》に何が待ち受けているか、それはわからない。日常的《にちじょうてき》なたくさんのふつうのことと、たくさんのふつうでない重要なこと。ただし亡霊《ぼうれい》にとっては、わたしは学校で一番の人気者になるだろう。通訳者《つうやくしゃ》であり、使者《ししゃ》であり、ときに救済者《きゅうさいしゃ》にもなる。そして、ときどき、ただの友だちに。

もし、わたしが大豆《だいず》のパイやハーレムパンツやロウソクの光がどんどん好きになって、どこに行くにもタロットカードを持っていくようになって、ひとり言をいうという評判《ひょうばん》をとるようになったとしたら、そのときは、なるべくしてなったということだ。

そりゃ、もちろん、霊媒師《れいばいし》になることは、必ずしも世界一かっこいいことというわけではない。

でも、ひとりぐらい、かっこいい霊媒師《れいばいし》がいても、いいんじゃない？

著者　エリザベス・コーディー・キメル

アメリカ、ニューヨーク市に生まれる。幼い頃から読書家で、小学三年生のとき書いた物語は、学校図書館で一年間貸し出された。著作権代理業を経て作家に。以後、南極、ペンギン、超自然現象、中世の歴史などへの尽きざる興味を、次々に子どものための作品にして発表している。邦訳に『エンデュアランス号大漂流』（あすなろ書房）がある。現在、夫と愛娘、愛犬とともにニューヨーク州在住。

訳者　もりうち　すみこ

福岡県生まれ。訳書『ホリス・ウッズの絵』（さ・え・ら書房）が産経児童出版文化賞に、訳書『真実の裏側』（めるくまーる）が同賞推薦図書に選ばれる。他の訳書に『ジンクス』（朔北社）、『サリーの帰る家』、『きみ、ひとりじゃない』（共にさ・え・ら書房）、『スカーレット わるいのはいつもわたし？』（偕成社）、『ペニー・フロム・ヘブン』（ほるぷ出版）などがある。

ある日 とつぜん、霊媒師《れいばいし》

2011 年 10 月 8 日　第 1 刷発行
2020 年 5 月 30 日　第 2 刷発行

著者　エリザベス・コーディー・キメル
訳者　もりうち すみこ　
装丁　オーノリュウスケ
発行人　宮本　功
発行所　株式会社　朔北社
〒 191-0041　東京都日野市南平 5-28-1-1F
tel. 042-506-5350　fax. 042-506-6851
http://www.sakuhokusha.co.jp
振替 00140-4-567316

印刷・製本　中央精版印刷株式会社

Printed in Japan ISBN978-4-86085-097-5 C8097